신비의 술법 각도술은 _____

◆ 파괴적이고 혁신적이다.

◆ 단 한 번의 실패도 단연코 거부한다.

◆ 백전백승 최고의 기법이다.

◆ 기술적 분석의 새로운 역사이다.

◆ 간결하면서도 어렵지 않고 너무나도 쉽다.

◆ 지금까지의 매매 방법을 버려라.

◆ 누구나 따라할 수 있는 최고의 방법이다.

◆ 신비하리만큼 적중률이 높다.

◆ 지금까지의 그 어떤 매매법도 따라 오지 못한다.

◆ 추상적이지 않고 현실적이며 바로 적용이 가능하다.

◆ 어렵고 힘들고 속임수 많은 보조지표 이제는 버려라.

◆ 데이 트레이더와 스윙 트레이더의 최고의 매매기법이다.

◆ 차트가 존재하는 어떠한 종목도 적용된다.

◆ 해외 주식의 분석도 가상화폐의 분석도 이것 하나면 끝이다.

◆ 각도술은 각도선 하나에 파동과 추세와 패턴과 캔들의 분석이
담겨진 과학적인 기법이다.

신비의 술법
각도술

작가와의 만남

다음 카페 「신비의 술법 각도술」
http://cafe.daum.net/little-zone

해외선물 파헤치기
주식차트 파헤치기

각 개 격 파

캔들 몇 개와 각도선 하나로 모든 것을 분석하는
파괴적이고 혁신적이며 쉽고도 간결한 차트의 분석방법이
여러분의 곁으로 다가간다.

리틀존 이충열

이 책을 내면서

고심 끝에 나름대로의 매매 원칙을 정립하고 그 기술을 신비의 술법 각도술이라 하여 글을 쓰기 시작한 지 꽤나 오랜 시간이 흐른 것 같다. 기준과 원칙에 충실해야만 하는 이유와 또 이 세상 비법을 찾아 여기저기 기웃거리는 많은 분들께 세상에 비법이 없다는 것을 말하고 싶다. 우리가 주식투자 하면서 단 몇 개월 동안만이라도 기술적 분석의 그 의미를 집중적으로 파고 들었다면, 주식이나 선물은 어려운 것이 아니라고 과감하게 말하고 싶으며 또 많은 사람들이 왜 실패와 좌절을 하고 이 시장을 떠나고 힘들어 하는지에 대하여 말하고 싶다.

많은 개미 투자자들에게 그 지침서가 되도록 하려고 많은 고심을 했다. 일발 필살의 필살기는 누구나 가지고 있다. 그러나 그 필살기를 어떻게 사용하여야 본인에게 득이 되는지를 알아야 한다. 주식, 해외선물에 입문하고 몇 개월 동안 기술적 분석을 공부했다면 이미 여러분은 필살기를 가지고 있다고 해도 과언이 아닐 정도로 기본기를 충분히 갖추었을 것이다.

주식시장에 입문하고 공부한 기술적 분석의 내용을 이해하고 그것을 응용하고 활용할 줄 모른다면 이 시장 떠나야 한다. 또한 돈이 돈을 번다는 고정관념도, 무작정 투자하고 수익 나기를 기다리는 것도 버려야 한다.

예측 매매는 하지 말고 눈에 보이는 현상만 믿고 그에 따라 대응하는 길만이 험난한 이 시장을 극복하는 길이다. 이 책을 끝까지 섭렵하고 이해한 후에도 수익이 나지 않으면 무언가 아주 중요한 부분이 잘못되었으므로 그 잘못된 부분의 원인을 분석하고 완벽하게 개선하고 이해하고 활용할 때까지 이 시장에 미련을 두지 말고 떠날 것을 권한다.

나는 주로 하지 말라는 말을 많이 한다. 이 책을 탐독하고서도 이 시장에서 손실을 본다면 완벽한 자기 자신만의 매매 기법이 정립이 안되었다는 의미이므로 자신의 매매 방법이 무엇이 잘못되었는지 이해하고 개선될 때까지 또 개선되었다는 것을 알 수 있을 때까지 이 시장을 떠나 있어야 한다. 그래야만 아까운 내 종잣돈을 지킬 수 있기 때문이다.

이 시장은 영원히 열린다. 자본주의 시장이 망하기 전까지는 영원히 열릴 것이다. 오늘 수익이 없다고 죽는 것이 아니다. 하지만 오늘 손실 본 것은 영원히 회복할 수 없다. 따라서 일발 필살의 필살기가 없다면 그 필살기를 가다듬고 만들 때까지 이 시장을 떠나 있어야 한다. 이 시장은 결코 호락호락한 시장이 아니다. 데이 트레이더의 길은 전문가의 영역이며, 고도의 훈련된 사람들의 영역이다. 순간적으로 치고 빠지는 전략이 필요하기 때문에 충분한 연습을 하고 난 뒤에 실전에 임하기를 권한다. 이 책에 기록된 모든 것은 데이 트레이더를 기준으로 집필된 것이므로 이 점 이해 바란다.

필자는 간단하고 심플하면서 쉬운 것을 좋아한다. 이 시장이 쉽다는 의미는 아니지만 쉽게 접근할 수 있는 방법을 항상 모색해 왔다. 이제 그 쉽게 접근할 수 있는 방법을 제시하고자 한다. 많은 사람들이 보조 지표를 활용하지만 보조 지표는 그저 보조 지표일 뿐이다. 익히고 버려야 한다. 하지만 필요로 한다면 적재적소에 활용하는 것은 나쁘지 않다. 수없이 많은 보조 지표들이 성공의 확률을 높여 주는데 많은 개미 투자자들이 패배의 쓴 잔을 마시고 이 시장을 쓸쓸히 떠나고 있다. 그 이유가 무엇일까? 상승과 하락이라고 정해져 있는 게임에 많은 사람이 동참하여 패배란 쓴 잔을 들어야 하는 이유가 과연 무엇일까. 이 홀짝의 게임에서 많은 재산을 날리고 암울해하는 사람이 없기를 바라는 마음이 간절하다.

2500년 전 손무라는 사람이 손자 병법을 저술하였다. 그 책의 대표적인 말은 삼척동자라도 알 수 있는 "적을 알고 나를 알면 백전불태"라는 것이다. 여기서 그 말을 한 번쯤 되뇌어 보자. 과연 나는 주식에 대하여 선물에 대하여 차트에 대하여 얼마나 알고 있고 또 내가 알고 있는 지식은 어느 정도냐고 반문을

해 본다. 나는 지금 주식시장에 뛰어 들어 수익을 낼 수 있는 진정한 실력을 갖추고 있는지를 말이다. 캔들, 추세, 파동, 각도, 패턴, 불멸의 법칙에 대하여 얼마나 알고 있는지를 곰곰이 생각해 보자는 것이다. 이에 자신 있다고 생각되면 과감히 뛰어들고 아니라고 생각되면 자신 있을 때까지 절대로 뛰어 들어서는 안된다. 그 시간과 그 자금으로 일 년이고 이 년이고 절치부심하며 공부하기를 권하고 싶다.

　자신만의 필살기가 없을 때는 절대로 이 시장을 기웃거려서는 안된다. 이 책은 자신만의 필살기를 만드는 방법에 대하여 논하려고 많은 부분을 할애했다. 혼자만이 알고 있던 각도술을 이제 세상에 내어 놓으려 한다. 많은 시간이 흘러 세력이 이러한 각도술에 대하여 변형을 한다고 하여도 절대로 변화를 주지 못할 것이다. 왜냐하면 상승하기 위해서나 하락하기 위해서는 반드시 각도술을 거쳐야 하기 때문이다.

　각도술은 암기를 하기보다는 그 의미를 이해하여야 한다. 각도의 좌변과 우변의 의미를 이해하여야만 왜 이 시점부터 상승을 하고 이 시점부터 하락의 길로 가는지에 대하여 알게 될 것이고 또 많은 응용을 보이게 될 것이다. 각도술은 만병통치약이 아니다. 반드시 그 의미를 이해하고 그에 대한 실패와 성공을 알아야 하며 또한 적절한 진입의 시기를 알아야 한다.

　이 책을 집필하기까지 많은 고심을 해 왔다. 이 책이 과연 많은 독자분들께 사랑을 받을 것인지와 각도술이 세상에 알려지고 난 뒤에 세력들이 캔들의 변형을 꾀하려 하면 어쩌나 하는 우려에서이다. 하지만 각도술은 수없이 많은 차트를 검증해서 얻은 것이므로 함부로 변형을 할 수 없을 것이라는 자신감에서 출판을 결심하게 되었다. 수많은 개미 투자자들에게 조금이라도 도움이 될 수 있을 것이란 생각에서 이 책을 세상에 내어 놓게 된 것이다. 호랑이는 죽어서 가죽을 남기고 사람은 죽어서 이름을 남긴다고 한다. 각도술을 이 세상에 남김으로써 많은 개미 투자자들에게 조금이나마 도움이 되기를 바란다.

이 책을 마치고 난 뒤에 기회가 된다면 꾸준하게 수정 보완을 하고 싶다. 발표 후 각도술이 어떻게 변화를 꾀하려 하는지를 알고 싶고 분명 변형된 각도술이 나타날 것이란 생각에 그에 대한 변형된 각도술도 격파하고 싶기 때문이다.

이 책이 나오기 전까지 많은 힘이 되어주고 못난 남편을 끝까지 지켜주고 밀어주며 할 수 있다는 자신감을 항상 불어 넣어준 사랑하는 아내 강미란에게 깊은 사랑과 존경을 표한다.

수많은 개미 투자자들에게 이 책이 조금이나마 도움이 되기를 간절하게 바라고 또 바란다.

차 례

01

각 도

파 동

**기준과 원칙의
정립**

백 전 백 승
각 개 격 파

실패와 성공의 원인 분석

추 세

패 턴

캔 들

기준과 원칙의 정립은
복합예술의 깨우침이다

이 책은 우선적으로 기본을 정립하고 그 정립된 기본을 실전에 응용하고 이해할 수 있도록 애를 썼다. 품질관리 용어 중에 PDCA 사이클이라는 것이 있다. 대다수의 사람들이 이 용어가 익숙할 거라 생각한다. PLAN, DO, CHECK, ACTION이란 단어의 약자로 생산성 향상이나 공정개선, 불량 원인 분석할 때 사용하는 품질관리 기법 중의 하나이다.

계획을 세우고(PLAN) 실행(DO)을 하고 그 결과를 점검(CHECK)하고 그리고 난 뒤에 행동(ACTION)에 옮기는 아주 기초적인 불량 원인 및 공정 개선, 생산성 향상의 분석 기법이다. 이 기법을 매매할 때마다 적용한다. 매매를 함에 있어서 어떤 때에 매수 혹은 매도에 진입하고 그 진입의 맥점은 어느 점이 되고 그 맥점이 올 때까지 기다린다는 계획(PLAN)을 세우고 그 맥점이 오면 진입(DO)을 하고 결과를 점검(CHECK)하고 그리고 그 결과에 만족이든 불만족이든 조치(ACTION)를 취하는 것이다.

즉, 진입 시의 계획이 완벽해야 하고 그 완벽한 계획에 의거해 진입을 해야 하며 그 결과를 점검하고(수익이든 실패든) 결과에 대한 조치를 취하는 것이다. 여기서 계획이란 단순하게 진입 시점을 어떻게 잡는다는 것이 아니라, 알고 있는 모든 지식을 동원해야 하는 것이다.

매수 매도에 대한 진입 시점은 전문가가 진입하라고 해서도 아니고, 추천하는 사람들 즉, 리딩을 하는 사람들이 진입하라고 해서도 안된다. 많은 사람들이 전문가라고 믿는 그 사람들이 왜 여러분들에게 공짜로 매매를 하라고 가르쳐 줄까 한번쯤은 의구심을 가져 봐야 한다. 모두 그만한 이유가 있을 거라 생각하는데 그 이유는 각자 한번씩 곰곰이 생각해 보기 바란다. 그러면 그들이, 전문가들이 진입하라고, 매수하라고 하는 위치의 지점이 맥점인가를 우리는 알아야 한다. 즉, 그들이 추천하는 종목의 위치가 왜 하필이면 그 시간에 그 종목을 그 시점에서 그 위치에서 매수 추천했는지를 알아야 한다는 것이다. 그것을 알기 전까지는 절대로 주식이나 선물을 해서는 안된다.

그들은 자신이 알고 있는 기법이라든가 맥점이라든가 혹은 비법 같은 것들에 대하여 오픈하지 않는다는 것을 알아야 한다. 단순히 어느 종목을 어느 가격대에서 매수하고 잘못되었을 시에 손절을 얼마에 해야 한다고 말할 뿐이다. 쇳덩어리를 금덩어리로 만들 수 있는 연금술사가 있다면 그 비법을 가지고 있는 연금술사가 고작 몇 푼에 그 비결을 팔아 넘길 수 있을 것인가. 절대로 아니라는 것이다. 따라서 전문가들이 맥점이라고 추천하고 매수하라고 하는 그 종목이 왜 하필이면 이 시간에 이 시점에 이 가격에 매수 혹은 매도를 하라고 외쳐대는지를 파악하고 알아야 하며 그리고 나서 그들과 나의 의견이 일치할 때 진입의 여부를 결정해야 한다. 그 전에는 절대로 투자하는 행위는 삼가기를 권한다.

어차피 이 시장에 들어 왔으면 전문가가 되어야 하고 프로가 되어야 하며 최고의 경지에 오를 수 있도록 부단한 노력을 하여야 한다. 또한 이 시장에 살아남으려면 반드시 나만의 필살기를 만드는 데 주력해야 한다. 일발 필살의 적중률을 노려야 하므로 진입 시점을 충분히 고려해야 한다.

한번 매매를 하더라도 절대적인 위치에서 매매를 해야 한다. 진입의 시점은 알고 있는 모든 지식을 총동원하여 추세분석, 파동분석, 패턴분석, 각도술, 캔들분석, 불멸의 법칙 등을 면밀하게 검토하여 결정해야 한다. 그러한 검토가 끝나지 않고 애매모호하다면 절대로 진입해서는 안되며, 그런 실력이 안된다면 그런 실력을 쌓을 때까지, 일발 필살의 필살기를 보유할 때까지 이 시장을 기웃거려서도 안된다.

필살기란 단 한 번의 실수도 없이 매매를 하여 성공에 임할 수 있는 기법이다. 그것은 기다림이고 또 기다림에서 오는 달콤한 수익이다. 기다림 없이는 절대로 달콤한 수익을 얻을 수 없다는 것을 잊어서는 안된다. 기준과 원칙의 정립은 일발 필살이 가능하도록 그 기본과 기초를 다지는 일이다. 단 한 번의 실수 없이 매매에서 성공한다는 것은 불가능한 일이다. 하지만 이를 향한 노력은 꾸준하게 이어져야 하며 그렇게 꾸준하게 노력하는 행위 자체가 기본과 원칙을 정립하는 일이다.

언제 진입을 할 것인가, 매수를 할 것인가가 가장 중요한 관건이다. (진입을 매수와 매도로도 함께 표현한다) 그만큼 진입의 시점이 중요하다. 그런데 많은 분들이 진입 시점을 찾지 못하고 정말 어이없게도 잦은 매매를 한다.

나는 많은 분들께 완벽한 찬스가 오지 않으면 절대로 총알을 날려서는 안된다고 말을 한다. 아무 때나 진입을 해서는 안된다는 것이다. 모든 것이 때를 기다릴 줄 알아야 한다는 것이다. 기본에 충실하여야 하며 기본에 충실하지 못했으면 그 기본에 충실하려고 노력하여야 한다.

기준의 정립은 매매를 함에 있어서 기술적 분석의 정의를 다시 한번 생각하게 한다. 주식시장에 입문하고 적어도 몇 권의 책을 정독했으면 이미 많은 부분을 알고 있을 것이다. 그런데 진입 시점을 못 찾는다 하면, 진입하는데 손실만 본다고 하면 이는 기술적 분석을 잘못 이해했다고 할 수 있다.

세상에 알려진 모든 기술적 분석의 많은 부분을 알고 있는데 왜 번번이 실패만을 하는 것인가. 실패만 반복한다는 것은 주식, 선물의 전문가들이 이미 발표하여 놓은 중요한 기술적 분석의 모든 방법을 간과하고 또 다른 비법을 찾아 헤매거나 이미 많이 알려진 기술적 분석의 방법을 잘 모르기 때문일 것이다. 혹은 과학적인 접근 방법을 무시하고 자신만의 감각적인 매매를 하기 때문이리라.

세상에 알려진 비법이 얼마나 많은가. 그것도 제대로 소화 못하면서 어딘가 비법이 있다고 필자도 한때 비법을 찾아 떠돌아 다니는 한심스런 일을 하곤 했었다.

기준에 충실하려고 노력해 본 적이 있는가? 과연 기준이 무엇이고 그 기준이란 것을 어떻게 정립하여 바로 세워야 하는 것인가? 기준은 어떻게 정립하여야 하는가? 원칙은 또 어떻게 만들어야 하는가?

우선 각개 격파를 해보자. 기준이 정립이 안되고 원칙을 세우기 어렵다면 아니 잘 되지 않는다면 모든 것 몽땅 접어 두고 각개 격파를 하여 보자. 이 세상에 알려진 모든 것을 섭렵하여 보자는 것이다. 많이 알려진 기법 중에 엘리어트 파동론, 일목균형표, 볼린저밴드, 그랜빌의 이평선 매매기법, 추세분석, 패턴분석, 캔들분석, 스토케스틱, DMI, ADX, MACD, RSI, OBV 등을 각개 격파하여 보자.

또한 엘리어트 파동론의 상승 5파와 하락 3파가 있는데 어디서부터가 파동의 시작점인지를 파악하려 노력해 보자. 어딘가에 존재할 파동의 탄생점을 알게 된다면 그 결과가 어떻겠는가? 이것만 생각해도 벌써 가슴이 쫀득해지지 않는가?

필자가 창안한 각도술은 엘리어트 파동이론에서의 탄생파를 찾아내서 그 일차 파동의 시작점에서 진입하는 방법이 없을까 하는 생각에서 시작되었다. 이것은 신비의 술법 각도술이란 차례에서 다루기로 하고 이러한 많은 기술적 분석 방법을 각개 격파 하고자 한다. 각각의 기술적 분석 방법을 각개 격파하고 그 다음에 다시 기준 정립에 대해서 논하여 보자.

과연 기준의 정립은 어떻게 하여야 하고 매매 원칙은 어떻게 하여야 하는가.

일목 균형표에서 호전과 역전이 나타나는 지점이 중요 맥점이라고 알고 있고 이 지점에서 매매에 가담했는데 실패하는 경향이 빈번히 일어나고 볼린저밴드 역시 매매타이밍에 진입했는데 실패하는 경우를 자주 볼 수 있다. 이런 지점의 오류를 극복하기 위해서 많은 노력을 기울여 왔고 그 오류의 극복을 단순한 원리로 찾고자 하였다. 기준의 정립을 위해서는 이 모두를 이해하여야 한다.

그리고 아무리 기준 정립을 이렇게 하는 것이다라고 떠든다 해도 그 진실된 것을 알지 못하면 눈에 마음에 들어 오지 않을 것이다. 기본의 모든 것을 섭렵하여야 그 기준이 정립이 된다. 또한 모든 것을 섭렵하여야 원칙을 정립할 수 있다.

아무것도 모르는 사람한테 기본에 충실해라 원칙 매매를 해라 하는 것은 어불성설이다. 일단 기본을 알아야 기준의 정립이 무엇인지 알고, 그리고 그에 따라 원칙을 정하고 그 원칙에 따라 매매를 해야 하는 것이 원칙 매매이다. 그리고 알려진 기술적 분석의 각개 격파가 끝나면 자연적으로 기본이 정립이 되고 기본이 확립이 되면 기준이 정립이 되고 이에 따라 자연적으로 매매 원칙의 정립이 될 것이다.

그런데, 알려진 기술적 분석의 방법 중 수많은 보조 지표의 공부를 언제 할 것이며 언제 각개 격파를 할 것인가?

보조 지표의 이름만 들어도 머리가 지끈거리고 힘들어진다. 말이 좋아 각개 격파지 수많은 보조 지표를 언제 각개 격파를 할 것인가 생각만 해도 끔찍스런 일이다. 하지만 주식의 차트에 영향을 미치는 가장 중요한 몇 가지만 완벽하게 이해한다면 충분하다. 기준과 원칙만 있다면 두려울 것도 무서울 것도 없다.

각개 격파의 내용은 추세분석, 패턴분석, 캔들분석, 각도술, 파동, 불멸의 법칙 그리고 이동평균선 매매 등으로 이루어질 것이며 이는 각 단원별로 이론과 진입 시점 그리고 손절 시점에 대해 세부적으로 다룰 것이다. 기준의 정립은 복합 예술의 정립이다. 어느 하나만 알아서 되는 것이 아니라 복합적으로 많은 것을 보는 안목을 길러야 한다는 것이다. 즉, 추세분석, 패턴분석, 파동분석, 각도술, 캔들분석과 불멸의 법칙 등 모든 것을 한눈에 볼 수 있는 안목을 길러야 이 시장에서 살아 남을 수가 있다.

나무만을 보지 말고 숲을 봐야 하며 숲을 보되 나무도 볼 줄 알아야 한다. 조금은 힘들더라도 숲도 보고 나무도 볼 줄 알아야 이 험난한 세상에서 살아 남을 수가 있다. 어느 한 군데 생각을 고정하지 말고 유기적인 생각을 가져야 한다. 한 곳만 바라보면 실패할 확률이 너무나 크다.

유기적으로 상하를 모두 보아야 하는데 그렇지 않은 경우가 대다수이다. 한쪽 방향만 보게 되면 손실로 이어질 확률이 크고 따라서 손실을 보고는 한탄을 하고 있는 사이 계좌는 심하게 얼룩으로 물들어 버린다.

생각을 유동적으로 가져야 한다. 즉, 추세는 하락을 가리키고 있는데 매수로 진입해서는 안되고 추세가 상승하고 있는데 매도로 진입해서는 안된다. 항상 생각을 열어 두어야 하며 처음의 진입이 잘못되어 손실을 입었으면 무조건 처음의 생각으로 돌아가 대기하여야 한다. 손실을 입었으면 분명 진입 시점이 잘 못되었단 것이며 그 잘못된 점을 파악하기 전까지는 절대로 매매에 임해서는 안된다. 잘못된 점을 파악하고 그 결과에 따라 개선점을 찾아야 하고 개선점을 찾은 다음에 행동해야 한다.

이 모든 것이 어렵다고 생각하면 지금 당장 이 시장에서 떠나야 한다. 평생을 벌어 먹고 살 수 있는 방법인데 어렵다고 배우려 하지 않는다면 분명 소중한 돈은 허공으로 날아갈 것이며 그러한 정신으로 무엇에 임해도 실패할 것이 뻔 하기 때문에 이 시장을 떠나는 것이 상책일 것이다.

기준이란 무엇인가. 원칙이란 무엇인가.

기준과 원칙은 투자자의 성향에 따라 차이가 있어 이것에 따라야 한다고 말 할 수는 없다. 그러나 그 원칙을 잡는 방법에 있어서는 대동소이하다고 할 수 있다. 기준의 정립에 대해서는 마지막 장에서 다시 한번 다룰 것이다. 모든 것 을 각개 격파하고 그리고 나서야 기준을 정립하고 원칙을 세울 수 있다. 아무 것도 모르고서는 기준도 원칙도 세울 수 없기 때문이다.

많은 사람들이 주식과 선물의 매매가 어렵고 힘들다고 한다. 선물이나 주식 이나 차트를 제대로 이해하지 못한다면 어렵고 두려운 것은 마찬가지이다. 문 제는 차트의 흐름에서 이야기하고 있는 것을 얼마나 많이 이해하고 있느냐 하 는 것이 중요한 관점이 될 것이다. 차트는 수도 없이 자신의 흐름을 이야기하 고 있다.

그 흐름을 이해하려 노력을 해야 한다. 오래 전부터 차트는 모든 것을 녹여 내 며 상승과 하락을 이야기하고 있다. 장기 추세와 단기 추세와 중기 추세로서 어느 방향으로 갈지를 정해놓고 그 방향대로 흘러가려 하고 있다. 그곳은 많은 정보들을 내포하고 있으며, 매매하려는 사람의 심리부터 경제 동향까지 차트 속에 녹아 있다고 해도 과언이 아니다. 또한 중장기로 매매하는 투자자라면 장 기 추세를 파악하는 데 주력해야 하며 단기 매매라면 단기 추세를 파악하여 매매에 임해야 할 것이다. 또한 이런 것을 파악했다고 매매해서도 안된다. 주식이나 선물은 예측의 영역이 아니다. 서양 속담에 예측하는 자는 유리 가루를 먹는다는 말이 있다. 그만큼 예측의 영역은 불확실하다는 말이다. 투자는 예측의 영역이 아니라 대응의 영역이다.

무엇이든 완벽함이란 있을 수 없다. 따라서 진입이 잘못되었다면 바로잡아야 하는 대응의 영역이다. 어느 종목을 분석하여 매도로 진입을 했는데 본인의 진입 방향과 다르다면 이에 빠르게 대응하여 귀중한 내 재산을 지켜야 한다는 것이다. 전문가들은 상승과 하락을 예측하는 점쟁이들이 아니다. 수없이 많은 차트를 돌려보고 이해하면서 그 속에 녹아있는 것을 보고 매매하라고 권하는 것이다.

주식의 가치는 경제의 용어에서 말하는 공급과 수요의 법칙에 의하여 가격이 형성된다. 아무리 많은 주식을 보유하고 있는 회사가 있다고 하더라도 그 가치가 충분하다면 주식은 오를 것이며 그렇지 않으면 하락할 것이다. 따라서 기업의 내재가치를 많이 따지기도 한다. 또한 거래량을 보면 주가 방향을 알 수 있다. 선물의 매매도 예측의 영역이 아니라 대응의 영역이다. 얼마나 잘 대응하느냐에 따라 수익과 손실 즉 투자의 성패가 달려있다.

기준의 정립이란 어떤 것인가? 원칙 매매란 어떤 것인가?

매매를 함에 있어서 어떠한 기준이 정립이 되어있고 어떠한 원칙이 있는지를 곰곰이 생각하여 보고 이를 구체적으로 논할 수 있는지를 심각하게 고민해 보아야 한다. 기준의 정립은 반드시 필요하다.

기준의 정립과 매매원칙을 만드는 것은 차트에 녹아 있는 기술적 분석을 완전히 이해하기 전까지는 매우 힘든 부분이다. 따라서 기준의 정립과 원칙에 대해서는 기술적 분석의 몇 가지를 이야기하고 다시 논하는 것이 바람직하다고 생각한다. 추세와 파동과 패턴 그리고 각도와 캔들을 알지 못하고는 기준과 원칙에 대하여 논하기가 힘들기 때문이다. 해외선물 혹은 주식투자를 함에 있어서 가장 중요한 부분이 기준의 정립과 원칙 수립이다. 또한 원칙을 만들었으면 하늘이 두 쪽이 나도 반드시 그 원칙에 따라야 한다는 것이다. 제일 중요한 부분이니 만큼 기술적 분석의 모든 것을 각개 격파하고 다시 한번 기준과 원칙을 정하도록 하자. 다시 말하지만 기준의 정립과 원칙의 정립은 투자에 있어서 가장 중요한 일이고 가장 어려운 일이다.

기본은 그야말로 기본이다. 어떠한 운동을 하더라도 기본기를 충실히 익히지 않으면 원하는 목표에 도달하기 어렵다. 그만큼 모든 종목은 기본기를 우선시한다. 매매에 임하여서도 그 기본기를 우선시해야 하며 기본기 없이는 어떠한 행위도 할 수 없음을 분명히 알아 두어야 한다.

이 시장에서 기본이란 추세, 파동, 패턴, 각도, 캔들을 일컫는다. 이것이 이 시장의 모든 기본은 아니다. 이 시장에서 살아남기 위한 최소한이다. 이 시장에서 살아남기 위해서는 최소한인 이 다섯 가지를 반드시 암기하고 숙지하고 응용하고 활용할 줄 알아야 한다. 추세에 대하여 모든 것을 안다고 해도 추세만 보고 매매할 수는 없지 않은가. 또한 파동에 대하며 모든 것을 안다고 해도 파동만 보고 매매할 수는 없지 않은가. 우리는 추세, 파동, 패턴, 각도술, 캔들을 한눈에 볼 줄 아는 안목을 길러야 한다. 이것이 바로 기본이다. 이 모든 것을 한꺼번에 볼 줄 아는 안목이 생기고 자유자재로 이해하고 응용하고 활용할 줄 알아야 이제 기본기가 생겼다고 할 수 있다.

여기에 추가할 수 있는 것들은 일목 균형표, 볼린저밴드 등 기타 많은 보조 지표들이다. 그 보조 지표들이 나에게 잘 맞는다면 그를 적극 활용하는 것도 나쁘지 않다. 다만 반드시 이해해야 할 것은 보조 지표는 보조 지표일 뿐이라는 것이다. 주가의 변동이 있고 난 뒤에 움직이는 것이 보조 지표이다. 따라서 후행성임을 반드시 기억해야 한다. 또한 우리가 가장 많이 접하고 있는 캔들도 후행성임을 명심해야 한다. 즉, 일봉일 경우는 하루가 지나간 뒤에야 그 봉이 완성되므로 하루가 가기 전까지는 아무도 알지 못하는 맹점을 가지고 있는 후행성이다. 따라서 이 후행성에 대하여 깊이 생각해야 한다는 것이다. 캔들 자체가 후행성인데 다른 보조 지표들이야 두말할 나위가 없지 않은가.

　가장 힘들고 가장 어려운 것이 기본의 정립이다. 기본의 정립이 제대로 된다면 이 시장을 훨훨 날아 다닐 수 있게 된다. 기본기 정립은 추세, 파동, 패턴, 각도, 캔들을 완벽하게 나의 것으로 만드는 일임을 명심하자. 이것들을 하나씩 각개 격파를 하고 난 뒤, 기준과 원칙의 정립에 대하여 다음에 다시 한번 깊게 논하여 보자. 파동과 추세 패턴 각도 캔들을 이해하지 못하고는 기준을 논한다는 것 자체가 무의미하기 때문이다. 세계적으로 유명한 선수도 그러한 위치에 가기 전까지는 분명 기본적인 기술을 몸에 익혔을 테고 그 다음에 그들의 능력과 노력과 끈질김으로 기준과 원칙을 만들어 지금의 위치에 왔을 것이다.

　어떠한 분야든 기본기부터 습득하는 그 자체가 기본이다. 기준은 기본기를 습득한 뒤에야 정할 수 있으며, 기본기를 습득하기 전까지는 어떠한 기준도 세울 수 없다. 기본을 습득한 뒤에야 기준을 만들 수 있고, 기준이 확립이 된 뒤에야 비로소 원칙을 세울 수 있다. 기준과 원칙의 정립은 복합예술의 깨우침이다. 그만큼 어려운 것이다.

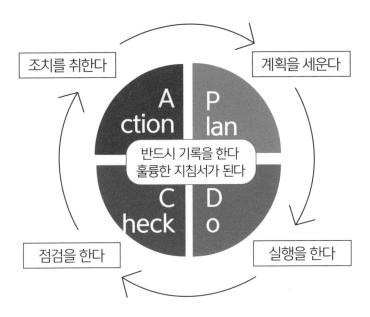

P.D.C.A CYCLE

조치를 취한다 — A ction

계획을 세운다 — P lan

반드시 기록을 한다
훌륭한 지침서가 된다

점검을 한다 — C heck

실행을 한다 — D o

◆ 기본은 무엇이며, 기준과 원칙이 무엇인가?

◆ 왜 기다려야 하고 얼마나 기다려야 하는가?

◆ 불멸의 법칙이란 무엇인가 ?

◆ 추세란 무엇인가?

◆ 파동이란 무엇인가?

◆ 패턴이란 무엇인가?

◆ 캔들이 왜 중요한가?

◆ 신비의 술법 각도술이란 ?

◆ 손절은 왜 중요한가?

◆ 그들이 했다면 당신도 할 수 있다.

02

각 도

파 동

기다림의 미학

백 전 백 승
각 개 격 파

실패와 성공의 원인 분석

추 세

패 턴

캔 들

기다림의 미학은 모든 투자의 덕목임과 동시에
가장 중요한 매매 비법이다

1. 기다림(plan)

하루에 몇 번씩 매매를 하는데 수익이 없이 손실만 본다면 기다림이 부족한 것이다. 언제까지 기다려야 하느냐고 묻는다면 완벽한 계획을 세우고 그 계획의 정점(plan)이 올 때까지 기다려야 한다. 이것이 기다림의 미학이다.

완벽한 진입의 타이밍이 올 때까지 기다려야 한다. 어여쁜 내 님이 올 때까지, 환상적인 진입의 시점이 올 때까지 기다리는 것이다. 남녀의 문제에서도 애틋한 기다림 후 어여쁜 사랑의 결실을 맺는 일화를 우리는 옛 사람들을 통해 볼 수 있다.

화담 서경덕과 황진이의 일화를 보면, 서경덕이 황진이를 기다리다가 많은 사람이 알고 있는 시를 한 수 남겼다. 서경덕은 황진이가 오지 않을 것을 알고 있음에도 불구하고 그가 올 것이라는 막연한 기다림과 그리움을 품은 채 하염없이 기다렸다는 것을 그의 시구에서 볼 수 있다. 황진이는 서경덕에게 일부러 접근하여 온갖 방법으로 그를 유혹하려 하였으나 그가 넘어오지 않자 그 또한 심하게 가슴앓이를 하였다고 한다. 서경덕도 사람인지라 절세 미녀의 꼬리침에 어찌 넘어가고 싶은 마음이 없겠는가? 여자가 유혹하면 그 어떤 사내도 넘어가게 되어 있는 것이 바로 사람이다. 서경덕의 마음은 이미 황진이에게 가 있었으며 그를 그리는 마음 애절하기만 하다.

마음이 어린 후이니 하는 일이 다 어리다

만중운산에 어느 님 오랴마는

지는 잎 바람 소리에 행여 그인가 하노라

고대하던 정든 님이 오시면 그만큼이나 반갑고 행복하고 좋은 일이 없을 것이다. 기다리다 보면 언젠가는 좋은 날이 반드시 오고야 만다. 하지만 무작정 기다림은 옳지 않다. 원하는 찬스가 올 때까지는 기다려야 한다. 어여쁜 님이 올 때까지 기다렸는데 그 님이 스쳐 지나가면 그 긴 기다림이 나에게는 수포가 되어 버린다. 기다림은 제일 좋아하는 차트의 형태가 올 때까지이고 그 형태가 도달했을 때 행동(DO)에 옮겨야 한다.

만약, 그런 찬스를 놓쳤다면 그 다음의 찬스가 올 때까지 그 기다림이 계속돼야 한다. 무리한 진입은 자신의 계좌를 멍들게 만들기 때문이다. 여기서 무작정 기다린다는 것은 의미가 없다. 포수가 사냥감을 노릴 때는 분명한 목표가 있다. 그런 목표를 정하기 전까지는 분명 많은 준비를 했었을 것이다.

진입을 시도함에 있어서 그에 못지 않는 준비를 해야 하고 했어야 하며 또 하고 있어야 한다. 그 준비를 수립(plan)해야 하는 것이 매매 방법이다. 그것 없이 무작정 덤벼들었다가는 불 보듯이 뻔한 결과를 초래한다. 그 준비과정을 거쳐야 하고 철저하리만큼 점검 또 점검하여야 한다.

결국 환상적인 진입 타이밍이 올 때까지 기다리는 인내가 필요하다는 것이다. 그렇다면 여기서 말하는 환상적인 진입 타이밍이란 어떤 것을 말하는 것일까?

많은 분들이 이런 환상적인 진입 타이밍을 찾으려 노력을 많이 한다. 그 환상적인 진입 타이밍은 바로 추세분석, 패턴분석, 파동분석, 각도술, 캔들분석과 불멸의 법칙이 일치하는 지점이다. 6가지의 분석방법 중에 적어도 두 가지 이상이 일치하는 지점을 찾아내야 실수할 확률을 줄일 수 있다. 이것이 바로 최소한의 진입 타이밍이다. 더 많은 것이 일치한다면 더욱더 확률이 높을 것이다. 이런 노력이나 준비 없이 진입을 한다면 그 결과는 불 보듯이 뻔한 것이다. 그리고 자신만의 독창적인 매매기법을 만든다는 것은 거의 불가능에 가깝다.

따라서 주변에 어디를 가더라도 엄청난 비법의 서들이 널려 있음을 직시하고 그 비법의 서들을 활용하면 된다. 세상에 많이 알려진 비법서를 벤치마킹하면 된다. 독창적인 방법은 있을 수 없다. 그들이 독창적이라고 이야기하는 기법들은 일부를 제외하고 많은 부분들을 벤치마킹했을 것이다. 수없이 많은 주식 관련 책에서 모방을 해서라도 자신만의 기법을 만들어야 한다. 이 시장에 돈을 벌려고 뛰어 들었다면 전문가들이 던져 주는 떡만 먹고 살 수는 없지 않는가. 최소한 스스로 밥을 해먹고 떡을 해먹는 방법을 터득해야 하며 그래야 이 시장에 머물 수 있는 것이다. 즉, 이제는 프로정신에 입각해 스스로 전문가가 되어야 한다. 그럴 자신이 없으면 당장 이 시장을 떠나라. 내가 좋아하는 님이 올 때까지 기다리지 못하고, 부화뇌동(附和雷同)하여 매매에 임한다면 그야말로 또 다시 손절의 아픔과 계좌가 멍드는 참담함을 맛볼 수밖에 없다. 내가 원하는 차트의 그림이 올 때까지 내 님이 꽃단장하고 내 앞에 나타날 때까지 기다려야 한다. 기다리는 자야말로 성공의 달콤한 열매를 맛볼 수 있다.

기다리지 못하고 부화뇌동한다면 십중팔구로 손실이란 아주 쓰디쓴 결과를 맞이하게 될 것이다. 달콤한 수익이란 사랑이 다가올 때까지 기다릴 줄 알아야 한다. 사랑하는 사람이(차트, 그림) 올 때까지 기다리는 자야말로 행복을 누릴 수 있다. 주식은, 선물은 자기자신과의 싸움이다. 기다림의 미학이란 바로 내 님이 내 곁에 올 때까지 기다릴 수 있는 인내력이다. 즉, 추세분석, 패턴분석, 파동분석, 각도술, 캔들분석과 불멸의 법칙이 일치하는 지점이 올 때까지 기다려야 한다는 것이다. 따라서 이런 기다림을 할 수 없는 사람은 당장 이 시장을 떠날 이유가 충분하다.

수많은 주식 전문가들이 동서고금을 통하여 기술적인 분석 방법을 연구하여 발표했다. 우리는 그들이 발표하여 놓은 지침대로 하면 된다. 전문가들이 발표한 기술적 분석을 어떻게 나의 것으로 만들 것인가를 연구하여 그대로 시행하면 된다.

이렇게 간단한 방법을 알면서도 실패와 실패를 거듭하는 것은 자신의 욕심과 매매 타이밍을 모르는 무지에서 비롯된 것이므로 부단한 노력을 해야 한다. 진정한 기다림이 어떤 것인지 모르고 있기 때문이다. 기다림의 즐거움을 만끽할 줄 알아야 한다. 기다림이란 내가 좋아하는 차트의 형태가 완벽하게 올 때까지 매매하지 않는 것이다. 완벽한 위치라는 것은 파동 추세 패턴 각도 캔들의 완성이 최소한 두 개 이상 올 때까지 진입을 하지 않는 것이다. 그것이 안 오면 일

주일이건 이주일이건 기다릴 줄 아는 인내력이 있어야 한다. 이것이 바로 진정한 기다림의 미학이다.

  기다림이라는 것은 패턴의 완성을 기다리고 시간의 완성을 기다리고 캔들의 완성을 기다리고 파동의 완성을 기다리고 각도의 완성을 기다리고 추세의 완성을 기다려야 한다는 의미이다. 이처럼 기다림의 연속이 이 시장의 가장 중요한 일 중에 하나이다. 이런 기다림을 할 수 없다면 이 시장을 떠나서 기다림을 배우고 난 뒤에 다시 되돌아 오는 것도 늦지 않다. 또한 이러한 기다림을 할 수 없다면 이 시장을 떠나야 하는 충분한 이유가 될 것이다.

  기다림이 얼마나 중요한 덕목이며, 얼마나 중요한 투자의 자세이며, 또한 얼마나 중요한 투자의 자산인지를 충분히 이해하여야 한다. 단순하게 기다림이 시간의 흐름이라고 생각해서는 안된다. 기다림은 분명히 투자의 자산이다. 금전적인 문제만이 투자의 자산이 아니다. 기다림은 패턴, 파동, 추세, 각도, 캔들, 불멸의 법칙의 완성시점까지 절대로 매매를 하지 않고 정확한 일치점이 왔을 때 매매하기 위함이다. 그 기다림의 완성점은 우리가 백전백승하기 위한 초석이며 아무나 함부로 할 수 없는 백전백승의 지름길이다. 기다림은 무형의 자산이다. 절대로 함부로 해서는 안될 시간이며 투자의 가장 중요한 덕목임에 틀림이 없다. 기다림은 최고의 비법이다. 기다림은 지금까지 열거한 여섯 가지 형태의 기법보다 우선한다. 즉, 파동, 추세, 패턴, 각도, 캔들, 불멸의 법칙의 완성보다 우선한다. 이 여섯 가지의 형태가 완성되려면 오랜 기다림이 필요하다. 어느 하나가 완성되었다고 진입을 시도해서는 안된다.

  손자병법의 시계 편 마지막에서 반드시 성공할 확신이 있을 때 싸우라 했다. 이곳은 전쟁터이다. 총성 없는 전쟁터이므로 손자병법의 시계편에서 말한 대로 자신 있을 때 나서야 한다. 자신 있을 때까지 자기의 실력을 향상시키고 연구하고 공부하며 소리 없는 전쟁을 치룰 준비를 해 두어야 한다. 이러한 준비과정도 모두가 기다림의 덕목이다. 따라서 기다림이란 어떠한 역경 속에서도 어떠한 유혹 앞에서도 한 치의 흔들림이 없어야 한다.

소리 없는 전쟁터에서 전쟁 중에 있다. 상대는 최첨단 무기와 최정예 인재와 어마어마한 재력을 확보하고 있으면서 눈에 띄지 않는 곳에서 자신들을 은폐, 엄폐하고 최고의 석학들이 만들어 놓은 인공지능 컴퓨터로 자동 조준 격발을 한다. 그러나 개미 투자자들은 청동기 시대에나 썼을 법한 청동검 한자루가 겨우 무기의 전부이다. 이렇게 어마무시한 적들과 날마다 소리 없는 전쟁을 해야 하는데, 일발 필살의 정신 없이는 절대로 이 전쟁에서 승리를 할 수 없을 것이다. 상대가 어여쁘게 패턴, 파동, 추세, 각도 캔들을 만들어 줄 때까지 기다려야 하며 그들이 예쁘게 만들어 놓으면 그때서야 살며시 편승하는 것이다. 그래야만 승리를 쟁취할 수 있으니까 말이다.

이래도 기다릴 수 없다면 하나 마나 한 전쟁 여기서 손 털고 항복하는 게 상책일 것이다. 즉, 이 시장을 떠나야 한단 것이다. 어차피 이 시장에 발을 들여 놓았으면 그들이 했다면 나도 할 수 있다는 그러한 정신으로 철저히 무장하여 일발 필살의 정신으로 각오를 다짐하고 실력 향상에 힘쓰며 기다려야 한다. 이 것이 기다림의 덕목이며 기다림의 이유이다. 이것은 어느 것에 비교해도 절대로 손색이 없는 투자의 비결이다.

기다려라. 내가 제일 좋아하는 형태의 차트를 만들어 줄 때까지 기다리는 것이야말로 최고의 비법이다.

우리에게는 파동 추세 패턴 각도 캔들 등을 완성할 수 있는 능력이 없다. 최첨단 무기를 장착한 그들에게 그러한 능력이 있으며 그들이 그것을 만들어 줄 때 우리는 소리 없이 그에 편승하는 것이다. 그러기 위해 우리는 끊임 없이 기다려야 하는 것이고 그것이야말로 진정한 기다림이다.

2. 서두르지 마라

기다리다 지치면 모니터를 끄고 여행을 하자. 차라리 그 편이 계좌를 안전하게 지킬 수 있는 방편이기도 하다.

길은 참으로 많다. 질러가는 길도 수없이 많다. 하지만 질러가기 위한 편법을 절대로 사용하지 말아야 한다. 오로지 정도의 길만 걸어야 하며, 이 시장에서 편법이란 있을 수 없다는 것을 명심해야 한다. 편법을 사용하여 미수에 몰빵까지 동원한다면 정신 차리기도 전에 이미 계좌는 깡통으로 변해 있을 것이고 좌절과 아픔만이, 그리고 죽음이란 단어가 생각날 정도로 마음은 황폐해져 있을 것이다.

빨리빨리라는 말이 우리의 주변에는 너무나 많다. 세상에 빨리빨리 돈 버는 길이 있으면 얼마나 좋을까. 세상에는 그런 방법이 없다. 빨리빨리 하다가는 내 계좌에 커다란 구멍덩어리만 안겨다 줄 것이므로 원칙만을 고집해야 한다. 어느 책에선가 빨리빨리 하다가 낭패를 본 구절이 있어 잠시 소개하고자 한다.

옛날 급하게 볼일을 보러 가는 사람이 있었다. 이른 아침 빠른 속도로 마차를 몰아 달려가던 나그네가 어느 사람 앞에 멈춰 서서는 어느 도시까지 가는데 얼마나 걸리느냐고 물었다. 헌데, 그 사람이 이상한 말을 하는 것이었다. 천천히 가면 두어 시간, 빨리 가면 하루 종일 걸린다는 것이었다. 길을 물은 나그네는 별 미친놈 다 보겠다 싶어 마차를 급히 몰고 목적지를 향해 달려갔다. 헌데, 너무나 급하게 마차를 몰던 나그네는 도중에 수레바퀴가 부서지고 말았다. 빨리 가고 싶은 욕심에 급하게 수레를 몰아 수레바퀴에 무리가 가서 바퀴가 부서졌던 것이다. 그리하여 그 나그네는 수레바퀴를 고치느라 시간을 지체하며 저녁이 지나서야 목적지까지 도착하고야 말았다는 이야기다. (알기 쉬운 반야심경 송원스님)

아주 오래 전에 읽은 책인데 이 구절이 아직 나의 뇌리 속에 남아있는 것을 보면, 이 글이 내 마음을 깊이 자극하였나 보다. 이 글에서 말하는 것처럼 절대로

서둘러서는 안된다.

기다리란 말은, 서둘러서는 절대로 안된다는 말은, 중요한 맥점을 찾을 때까지 서두르지 말고 기다리란 것이고, 맥점을 찾기 전에는 절대로 진입을 시도하거나 진입해서는 안된다는 뜻이다. 어떠한 종목을 매수하고 싶어 죽을 만큼의 심리상태라면 매매하여도 좋다. 하지만 결국 기다리지 못하고 무르익지 않은 땡감을 먹겠다고 조급히 서두르며 매매에 임한 대가로 입안 가득히 퍼지는 떫은 맛에 고개를 절로 흔들어야 하며 계좌는 어느새 손실이란 단어로 얼룩져 있을 것이다.

다시 한 번 강조하지만 기다려야 한다. 추세분석, 패턴분석, 파동분석, 각도술 그리고 캔들과 불멸의 법칙이 일치하는 지점까지 기다리지 못한다면 분명히 계좌는 시퍼렇게 멍들어 있을 것이다. 추세분석, 패턴분석, 파동분석, 각도술 그리고 캔들과 불멸의 법칙이란 단어가 왜 자주 등장하느냐 하면 이러한 용어를 각개 격파할 것이기 때문이다. 따라서 앞으로도 계속 이런 단어가 나타날 것이다.

내가 원하는 그런 그림(차트)이 올 때까지 기다린다면 반드시 수익이란 달콤한 행복이 계좌를 살찌울 것이다. 기다리지 못하고 서두른다면 수레가 박살이 나서 원하는 목적지에 도달하지도 못하고 계좌는 깡통과 마이너스라는 씁쓸한 패배로 가득찰 것이다.

주식은 자기 자신과의 싸움이다. 그 싸움을 말리려는 사람도 없고 개입하려는 사람도 없다. 오로지 스스로와의 고독한 싸움이므로 판단에 있어 얼마나 냉철해야 하는지 스스로가 더 잘 알 것이다. 본인과의 싸움에서 이길 수 있는 길은 서두르지 않고 기다리는 것이다. 따라서 우리는 백전백승의 결과를 얻어야 하며 그러기 위해서는 반드시 추세분석, 패턴분석, 파동분석, 각도술 그리고 캔들과 불멸의 법칙이 일치하는 지점을 찾아야 한다. 이 지점을 찾을 수 없거나 찾지 못한다면 찾을 때까지 기다림이 원칙이다. 그리고 서두르지 말아야 한다.

기다림이 끝난다면 서둘러야 할 시점도 있음을 명심 또 명심해야 한다. 기다림이 없는 매매와 서두르는 매매에 대하여 지금까지 경고를 보내 왔다. 하지만 충분한 기다림이 있은 후 추세분석, 패턴분석, 파동분석, 각도술 그리고 캔들과 불멸의 법칙이 일치하는 지점을 찾았다면 우리는 서둘러야 한다. 이제 긴 기다림을 마감해야 하는 시점이 온 것이다.

어여쁘고 멋진 님이 왔는데 기다림만 계속한다면 의미 없는 기다림이 된다. 적극적인 태도로 그 님을 잡아야 하는 시점이 온 것이다. 더 이상의 기다림은 의미가 없고 서두를 때는 서둘러야 하며 그런 완급 조절을 할 줄 알아야 한다. 그 님이 스쳐 지나 간다면 또 다시 그 님이 올 때까지 지루한 기다림이 이어진다는 것을 명심해야 한다.

기다림과 서두름의 완급을 조절할 줄 알아야 한다는 것을 다시 한번 강조한다. 추세분석, 패턴분석, 파동분석, 각도술 그리고 캔들과 불멸의 법칙이 나타나는 것을 눈으로 확인한 후에는 서둘러서 행동에 옮겨야 함을 잊어서는 안된다. 즉, 타이밍이 무엇보다 중요하다.

다시 한번 언급하지만 추세, 파동, 패턴, 각도, 캔들의 완성이 나타날 때까지 서두르지 말고 기다려야 한다. 서두르지 말고 기다려야 하는 시점과 서둘러야 하는 시점을 분명하게 알아야 한다.

3. 내 인생 최고의 프로젝트

인생 최대의 프로젝트는 과연 어떤 것이 있었을까? 인생에서 최고의 프로젝트라고 할 수 있는 몇 가지를 생각해 보자. 아마도 이 글을 보시는 분 중에는 최고의 경영자로서 어떠한 프로젝트를 해결하고자 절치부심한 분도 있을 것이다. 혼자 결정하고 계획한 최고의, 최초의 프로젝트는 어떤 것이었을까. 매매하는 행위야말로 생애 최고의 최대의 프로젝트라고 생각하고 매매에 임해야한다.

직장을 다닌다고 가정해 보자. 직장에서 어떠한 일을 수행해야만 약정된 월급을 지급받을 것이다. 회사에서는 주어진 임무를 성실하게 수행해야만 하며 이를 거부하고 수행하지 않는다면 얼마 안 가 해고당하고 말 것이다. 전업투자자가 아니라도, 이 시장에서 일정 부분의 월급을 받기를 원한다면(수익 내기를 원한다면) 부단한 업무 수행을 해야 하며 그 시작은 인생 최대 최고의 프로젝트를 설계하고 실행에 옮기는 행위이다. 하루하루 최고의 프로젝트를 수행한다 생각하고 행동에 임하여야 한다. 기다리고 서두름이 없으며 이를 바탕으로 최고의 프로젝트를 수행할 수 있는 능력을 길러야 한다. 날마다 일생일대의 최고의 프로젝트를 설계하고 그리고 그 계획서를 작성하여야 한다.

계획서 없이 최대의 프로젝트를 실행에 옮길 수는 없는 것이다. 그리고 실행에 옮겼다면 그 실행 결과서를 꼭 작성해야 한다. 매수 이유, 매도 이유, 손절했다면 손절 이유 등을 일목요연하게 정리하여야 하며 매매시점을 캡쳐해 엑셀 혹은 그와 유사한 프로그램에 함께 기록하도록 한다. 단순하게 얼마에 진입하고 수익을 냈다는 것을 기록하는 것은 매매일지, 결과지가 아니다.

예를 들어 매수 진입했으면 매수의 이유가 있을 것이다. 일생 일대 최고의 프로젝트를 수행하는데 그러한 이유 없이 아무렇게나 매수에 임하진 않았을 것이다. 왜 하필이면 그 시점에서 매수에 동참했는지 왜 하필이면 그 시점에서 매도하여 이익을 챙기게 되었는지 아니면 어떠한 이유로 손절을 하여 몇 틱의 손실을 입었다든지 그러한 이유가 반드시 존재할 것이다. 자신을 속이지 말고 곧이곧대로 작성하여야 한다. 이것이 고수가 되는 지름길이며, 또한 그런 성공과 실패의 일목요연한 기록이 나중에는 커다란 지침서가 될 것이다. 그날의 행위는 아주 일목요연하게 작성되어 있어야 한다.

이것은 부화뇌동하며 매매에 임하는 것을 막아줄 뿐만 아니라 계좌를 살찌우게 하는 초석이 될 것이다. 일생일대의 프로젝트를 실행하면서 보고를 하지 않을 수 없지 않은가. 이것은 일종의 보고서이다. 즉 직장인이 커다란 프로젝트를 수행함에 있어서 그 프로젝트가 끝난 뒤 상사에게 경영진에게 보고하는 것과 마찬가지다. 이 보고서는 세월이 지나면 아주 훌륭한 투자 지침서가 될 것이다. 보고서는 반드시 서면 보고여야 한다. 간단하게나마 필자가 하고 있는 예시의 형태를 그림 1로 표현하였다.

〈그림 1〉

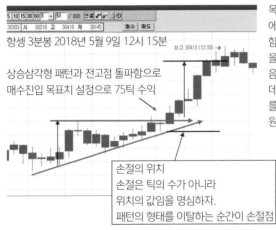

목표가 설정으로 매수진입 후에 손절가 걸어주고 매수 진입함과 동시에 수익이라 짜릿함을 맛볼 수 있었음. 너무 좋았음, 좀 더 뒀으면 더 큰 수익인데 아쉬움이 남음. 욕심은 화를 부름. 원칙을 정했으므로 원칙 준수.

적용기법
상승삼각패턴
불멸의법칙
캔들완성

위의 그림1을 통해 추세와 패턴, 캔들과 함께 우리가 미지의 영역이라 하는 시간의 흐름을 볼 수 있다. 시간의 흐름은 패턴의 시작점에서 완성점까지의 흐름을 말하는데 처음의 시작점은 오랜 시간이 걸리는 반면 마지막의 마무리 지점은 빠르게 완성됨을 알 수 있다. 이러한 형태의 패턴이 많이 나타나므로 여러 가지의 패턴에 대하여 공부하고 패턴의 완성 시점과 시작 시점의 시간을 따져 보아야 한다.

시간의 영역은 정말로 어려운 영역이다. 시간파를 제대로 이해한다면, 어느 시점에서 어떠한 방향이 결정된다는 것을 알 수 있다면 얼마나 좋을까. 때문에 많은 전문가들이 시간 파동에 대하여 연구를 하고 있는 것이다. 이런 오묘한 시간의 파동을 이해한다면 좋지만 이해할 수 없어도 패턴의 완성 시점을 연구하면 대충이라도 언제쯤이면 패턴이 완성되는지 알 수 있다.

위의 차트에서 바라본 시간 파동은 3분봉이므로 3분봉의 캔들 몇 개가 형성된 후에 패턴의 완성과 그 방향성을 파악할 수 있을 것이다. 이것이 시간파라고 이해한다면 3분봉에서 공간을 계산하여 몇 개의 캔들이 형성된 후 패턴의 완성과 그 방향성을 알 수 있기에 몇 분 후 혹은 몇십 분 후 한번쯤 파동을 줄 거란 걸 예상할 수 있다.

여기서 전형적인 상승 삼각형의 패턴이라 할지라도 패턴의 완성점까지 반드시 기다려야 함을 잊어서는 안된다. 무엇이든 완벽함은 없기 때문이다. 전문가들은 패턴의 분석을 만들고 그 패턴이 완성된 후에 예측한 방향으로 흘러가는 경우가 확률상 모두가 아니라고 한다. 따라서 많은 전문가들이 패턴의 완성을 기다렸다가 완성되면 그 방향대로 진입하기를 권한다. 즉, 패턴의 속임 확률이 있기에 그 속임을 피해 가자는 뜻이다.

시간파라는 것을 이해하기 위해서는 많이 알려진 파동과 추세 패턴에서 그 시간을 예측할 수 있음을 다시 한번 상기하여 보자. 하락 삼각형의 패턴을 완성하는 30분봉이라든가 15분봉의 상승 삼각형의 패턴에서 몇 개의 캔들이 형성된 뒤 그 패턴의 형태가 완성된다고 볼 때 그 캔들이 완성될 수 있는 공간을 시간적으로 환산하여 보면 앞으로 얼마의 시간 뒤에 파동이 발생된다는 것을 우리는 이해할 수 있다. 그렇다면 이를 근거로 앞으로 패턴의 완성과 추세 돌파의 시간을 예측할 수 있다면 환상적인 매매 타이밍을 잡을 수 있지 않겠는가?

이를 간단한 시간의 파동이라고 할 때 이를 또 다른 파동의 시작점이라 하면 파동의 탄생점을 알 수 있다. 패턴이 완성되는 시간과 파동의 시작점을 어렴풋이나마 알 수 있는 것이다. 이 얼마나 많은 것을 보여 주는 항목인가. 이것만 제대로 이해하여도 이 시장이 절대로 무섭거나 두렵기만 한 것은 아니다. 시간파의 시작점과 시간파의 마무리점 그리고 패턴의 시작점과 패턴의 마무리점을 이해할 수 있어야 하며 이를 기다릴 수 있는 인내심이 있어야 함을 강조한다.

그림1에서 보여주는 단순한 그림이 이렇게 많은 내용을 포함하고 있다. 단 한번의 매매에 파동과 추세와 패턴과 캔들 그리고 미지의 영역이라고 하는 시간파까지 보여주고 있다. 이러한 것들이 많이 모여 기준과 원칙을 만드는 데 중요한 역할을 할 것이고 훗날 훌륭한 지침서가 될 것이다.

내 인생의 최고의 프로젝트를 수행하는 데 있어서는 모든 것을 철저하게 준비해야 한다. 철저한 기다림 끝에 최고로 적합한 타이밍이 오면 그때 실행에 옮겨야 한다. 철저하게 행하지 않으면 내 인생 최고의 프로젝트는 실패하게 된다. 또 한번의 실패라는 기억을 간직하고 싶지 않으면 철저한 준비와 일발필살의 정신이 있어야 이 시장에서 살아남을 수 있는 것이다.

기다림은 모든 투자의 기본이며 덕목임과 동시에 가장 중요한 매매비법이다. 이를 행할 수 없으면 계좌는 이미 많은 부분이 손실로 얼룩져 있을 것이다. 원하는 차트의 형태가 올 때까지의 기다림이야말로 최고의 매매기법이다. 개미투자자들이 할 수 있는 것이라고는 세력들이 완벽한 형태의 패턴과 추세와 각도와 캔들과 불멸의 법칙을 만들어 줄 때까지 기다리는 것이다.

03

각 도

파 동

불멸의 법칙

백 전 백 승
각 개 격 파

실패와 성공의 원인 분석

추 세

패 턴

캔 들

불멸의 법칙은
추세 파동 패턴의 완성을 나타낸다

주식시장에서 불멸의 법칙이 존재하는가?

분명히 존재한다. 캔들로 표현할 수 있는 어떠한 종목이든 반드시 불멸의 법칙은 존재한다. 세월이 아무리 변한다 할지라도 변하지 않는 물질 불멸의 법칙, 에너지 불변의 법칙처럼 주식시장에도 절대 불멸의 법칙이 존재한다. 얼마나 좋은가? 절대적으로 변함이 없는 불멸의 법칙이 존재한다니 참으로 대단하지 아니한가.

불멸의 법칙이라 하지만 주식 투자 며칠만 했어도 아니 입문만 했어도 관심만 가졌어도 누구나 알 수 있는 방법이다. 적용하기 힘들거나 알아볼 수 없거나 또는 수학적으로 풀어야 하는 힘들고 어려운 것이 아닌 누구나 한번만 보면 알 수 있고 간단하면서 쉬운 방법이다. 주식의 차트를 볼 때 상승하기 위해서는 필연적으로 직전 고점을 돌파해야만 상승이 지속되고, 직전 저점을 이탈해야만 하락으로 이어진다는 것은 누구나 알고 있는 상식이며 이 상식이 바로 불멸의 법칙이다.

이렇게 단순하고 쉬운 방법이 있는데 왜 많은 사람들이 주식 시장에서 손실을 보고 힘들어 하며 주위에 주식 투자로 수익을 봤다고 하는 사람은 없을까? 이렇게 간단한 불멸의 법칙이 있는데, 차트가 보여주고 있는 불멸의 법칙만 따라 다니면 누구나 쉽게 수익을 낼 수 있는 것이 아닌가?

손실을 보는 대다수 사람들은 가장 싸게 매수를 해서 가장 비싸게 매도를 함으로써 엄청난 시세 차익을 내려고 하기 때문에 저점에서 사려고 하다 보니 실패를 하게 된다. 주식은 비싸게 사서 더 비싸게 팔 수 있는 능력을 길러야 한다. 따라서 오른 종목이 폭락할까 두려워 매수하지 못하고 끝까지 하락한 저점에서 사려고 하는 데서 그 이유를 찾을 수 있다.

누구나 경험하는 것이지만 내가 사면 상투이고 견디다 못해 내가 팔면 저점이다. 이것을 몇 번만 경험하면 계좌는 깡통이 되어간다.

이는 추세와 패턴과 각도와 파동 그리고 캔들을 이해하지 못하고 주식을 매매하기 때문에 발생되는 어처구니없는 실수이다. 만약 이 책에서 말하고 있는 추세 패턴 파동 각도 캔들을 완벽하게 이해하고 기다림이란 투자의 가치까지 이해했다면 손실은 절대로 없을 것이다.

불멸의 법칙 중 전저점 혹은 전고점을 이탈하거나 돌파한 후 이상하게도 힘이 없어 밀리는 경우를 종종 볼 수 있다. 저항이나 지지를 받아 불멸의 법칙을 만들지 못하는 위치가 추세, 패턴, 파동 등의 저항이거나 지지 라인의 경우에서 흔히 볼 수 있는데 이런 지점을 피해 나가야 한다. 즉 전저점을 이탈했는데 그 지점을 살짝 이탈하고는 다시 상승 쪽으로 가는 경우와 전고점을 살짝 돌파하고는 다시 하락으로 가는 경우가 이런 형태이므로 반드시 이 지점에서 주의를 하여야 한다. 불멸의 법칙이 실패하는 경우는 이런 경우이므로 이때는 조심해야 한다.

추세의 변화를 꾀하는 지점이나 파동과 패턴의 변화를 꾀하는 지점은 불멸의 법칙이 적용되지 않을 확률이 있으므로 이러한 지점에서는 주의해야 한다. 또한 이러한 변화를 꾀하지 못하더라도 최소한 이 지점에서는 캔들이 어떻게 변화하는지를 반드시 살펴보고 넘어가야 하는 아주 중요한 위치이다.

불멸의 법칙이 완성되기 위해서는 반드시 의미 있는 강한 캔들이 발생되어야 한다. 전고점의 돌파와 전저점의 이탈을 볼 수 있는 아주 중요한 현상은 바로 그 중요한 위치의 지점을 강력한 양봉 혹은 음봉으로 돌파하거나 이탈하여야 그 지점을 강하게 변화를 주어 비로소 불멸의 법칙이 성립이 된다는 것이며, 이는 잊지 말아야 하는 중요한 항목이다. 예측 매매를 함으로써 이 지점에서 상승하겠지 혹은 하락하겠지가 아니라 반드시 상승하는, 하락 이탈하는 것을 보고 진입하여야 손실을 보지 않는 중요한 부분임을 잊지 말아야 한다.

즉 전고점 돌파나 전저점 이탈 지점에서는 추세선과 패턴의 형태나 혹은 파동의 마지막 등의 지점이 아닐 경우 불멸의 법칙이 강하게 적용되는 경우를 종종 볼 수 있다. 불멸의 법칙은 이 세상에 차트가 존재하는 어느 종목에 적용해도 절대로 변할 수가 없다. 상승하기 위해서는 반드시 직전 고점을 돌파해야 하고 하락하기 위해서는 직전 저점을 반드시 이탈해야 하기 때문이다. 이런 이유에서 파동의 기초 되는 부분이, 패턴의 마지막이, 추세의 첫머리가, 상승과 하락의 기본이 되는 것이 불멸의 법칙이다.

이는 누구나 알고 있으나 문제는 전고점을 돌파상승한 놈이 갑작스럽게 하락하는 것을 우려해 매수 진입하지 못하거나, 하락으로 직전 저점을 이탈하는 놈이 갑작스럽게 상승하는 것을 우려하여 매도 진입을 하지 못하기 때문에 이러한 시점에서의 진입을 꺼려한다. 그로 인하여 불멸의 법칙을 활용하지 못한다는 문제가 있지만 이를 원칙으로 삼고 기준으로 삼는다면 또 이런 종류만 지속적으로 파고든다면 그 특징에 대해 너무나 잘 알게 되고 결국 날마다 이기는 싸움만을 하게 될 것이다.

이런 불멸의 법칙을 알고 있음에도 겁이 나서 진입을 하지 못하고 한참이 지나고 난 뒤에 그 지점이 직전 고점을 돌파하는 매수 맥점이었구나 혹은 직전 저점을 이탈하는 매도 맥점이었구나 하며 많이들 아쉬워한다. 직전 저점을 이탈하여 하락지속으로 가는 경우나 직전 고점의 돌파 후 상승으로 가는 경우는 확률상 대부분 장대봉으로 그 기점을 강하게 이탈하거나 강하게 돌파하는 경우를 흔히 볼 수 있으므로 이런 현상이 있을 때는 반드시 진입을 노려야 한다. 지나고 난 뒤 나중에 그곳이 맥점이었다는 것을 알고 뒤늦은 후회를 해도 소용이 없다. 불멸의 법칙은 상승과 하락을 하기 위해 절대적으로 필요한 부분이며, 추세 파동 패턴의 완성을 나타낸다.

상승 불멸의 법칙과 하락 불멸의 법칙

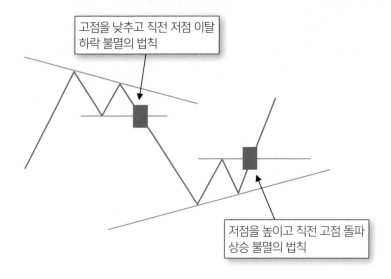

고점을 낮추고 직전 저점 이탈
하락 불멸의 법칙

저점을 높이고 직전 고점 돌파
상승 불멸의 법칙

　상승과 하락의 불멸의 법칙인 두 종류의 현상을 한눈에 볼 수 있도록 표시한 그림이다. 실전에서도 많이 나타나는 현상이므로 반드시 눈여겨 보고 익혀 둬야 한다. 직전 저점의 이탈과 직전 고점 돌파 시 반드시 그 지점을 강하게 돌파하는 장대음봉이나 장대양봉이 나타난다는 것을 잊지 말아야 한다. 상승 불멸의 법칙이나 하락 불멸의 법칙은 상승 삼각 패턴과 하락 삼각 패턴과 일치하는 모습을 많이 보여 주고 있지만 그렇다고 반드시 그들과 동일한 패턴이라고 할수 없다. 때문에 이러한 형태의 파동에서 실시간으로 잡아내는 노력이 많이 필요하며 빈번하게 나오는 형태이므로 주시해야 한다.

연속형 불멸의 법칙

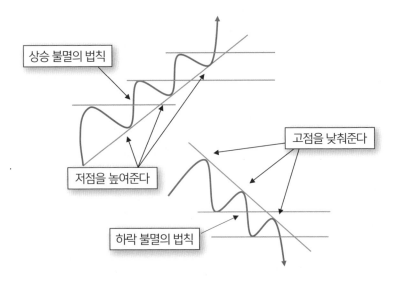

상승 불멸의 법칙

저점을 높여준다

고점을 낮춰준다

하락 불멸의 법칙

직전 고점을 높이는 지속적인 상승과 직전 저점을 낮추는 지속적인 하락의 모습이다. 실전에서도 많이 나타나는 흐름이므로 형태를 눈여겨 둬야 한다. 어떠한 형태의 패턴이건 교과서적으로 똑같이 나타나지 않음을 인지하여야 한다.

해외선물이든 주식이든 간에 가장 빈번히 나타나는 유형이다. 상승과 하락의 연속형 불멸의 법칙이라 표현했지만 계단식 상승과 계단식 하락이란 말로도 쓰이곤 한다. 이때의 진입은 꾸준하게 상승으로 혹은 하락으로 가는 경우이므로 직전 고점을 돌파 시기나 직전 저점을 이탈 시기에 진입하는 것이 정답이다. 또한 이때의 손절의 위치는 두말할 나위 없다. 바로 진입가를 이탈할 때이다.

상승 불멸의 법칙은 저점을 높이는 형태의 삼각 패턴을 보여 주면서 직전 고점 돌파될 것처럼 보이는 상승 패턴으로 보이지만 예상과 달리 하락으로 갈 수 있으므로 반드시 직전 고점을 강하게 돌파하고 저항의 지점이라 생각했던 부분에서 돌파형의 캔들이 완성되는 것을 보고 진입해도 결코 늦지 않다. 그리고 직전 고점을 돌파하는 것처럼 보이지만 결국 직전 고점을 돌파하지 못하고 쌍봉 혹은 쓰리봉의 형태로 남는 것은 돌파 시점의 봉의 형태를 보고 파악할 수 있다. 직전 고점을 돌파하는 캔들의 형태는 장대양봉으로 시원하게 뚫어야 그 지점이 다시 지지 라인으로 변할 수 있으므로 이 점 또한 이해하여야 한다.

반대의 경우 또한 마찬가지이므로 직전 저점을 강하게 이탈하는 장대음봉이 나타나야 비로소 직전 저점을 이탈하여 추가적인 하락을 유도하므로 진정한 하락 불멸의 법칙이 완성된다는 것을 새겨 두어야 한다. 여기서 직전 고점을 돌파하지 못하는 작은 양봉이 발생되거나 직전 저점을 이탈하지 못하는 작은 음봉이 발생이 된다면 이 지점은 저항이나 지지를 나타내는 신호이므로 절대적으로 강하게 돌파하거나 강하게 이탈하는 모습을 보여야 진입을 시도한다.

이처럼 직전 고점을 돌파하거나 직전 저점을 하향 이탈하는 것을 불멸의 법칙이라 칭하고 이것만 따라 다니면 손실 없는 백전백승의 매매 방법이 될 것이다. 이렇게 쉬운 방법이 있는데도 고점 돌파하면 폭락이 우려되어 매수 가담하지 못함으로 힘들고 어려운 시간을 보내고, 주식의 경우 저점에서 매수하려고 낙폭 과대 종목만을 찾으려 애를 쓴다.

주식시장에서도 가속도의 법칙이 있다. 하락하려는 종목은 추가적으로 하락을 하려고 한다. 매물이 매물을 부르고 끝없이 하락하는 모습을 자주 볼 수 있다. 또한 상승하는 종목을 보면 상승이 상승을 불러 끝없이 상승하려는 움직임을 우리는 자주 보는데 시간이 지나고 난 뒤에 그 지점이 맥점 이었구나라고 인지하게 된다. 직전 고점을 강하게 뚫고 올라가는 종목은 그야말로 무서워서 매수하지 못하고 바라만 보고 있다가 계속 상승하자 추가 상승할 것 같아 매수하면 그때서야 하락으로 변하며 상투를 잡은 꼴이 되어 버리기 일수이다. 이는 매수의 기준점이 없는 것이다. 또한 매수 후 하락하길 거듭하여 버티다 못해 팔아버리면 그 지점이 마지막 하락 지점이 되는 것을 우리는 여러 차례 경험해야 했다.

이러한 상투를 잡거나 저점에서 매도하는 행위를 하지 않기 위해 불멸의 법칙과 추세 패턴 파동 각도 캔들을 격파하려고 하는 것이다. 이 모든 것을 격파하고 완전히 이해하였으며 기다림 또한 투자의 자산이므로 이를 종합하여 환상의 타이밍을 잡는다면 그야말로 고수의 길로 접어드는 지름길이 될 것이다.

불멸의 법칙이 완성되려는 지점이 추세선의 완성점이거나 패턴의 완성점인 경우는 불멸의 법칙이 쌍봉 혹은 쌍바닥이 될 확률을 배제할 수 없으므로 이런 위치의 지점을 유념하여야 한다. 불멸의 법칙의 완성은 캔들의 완성임을 절대로 잊어서는 안된다.

불멸의 법칙은 모든 매매의 기준이 되어야 한다. 이는 추세 패턴 파동의 완성은 결국 불멸의 법칙으로 가기 때문이다.

하락 불멸의 법칙

2019년 6월 25일과 26일 사이의
미니 나스닥 600틱

상승 불멸의 법칙

2019년 7월 6일
Mini S&P 600틱

04

각 도

파 동

추세격파

백 전 백 승
각 개 격 파
실패와 성공의 원인 분석

추 세

패 턴

캔 들

추세의 시발점은
불멸의 법칙으로 통한다

추세란 무엇인가.

추세란 2개 내지 3개의 고점이나 저점을 연결하여 주가의 방향성을 파악하는 방법이 보통인데 참으로 애매모호하다. 연결점이 많을수록 그 신뢰도가 크다고 하는데 지나고 난 뒤에야 아 그 지점이 추세지점이었구나 하는 것을 알수 있을 정도이다. 지나고 난 뒤에 추세의 변환점이 눈에 보이니 참으로 안타까운 일이다. 주식은 한번 추세가 형성이 되면 가속도의 법칙에 의해 어떠한 동기가 있을 때까지 그 한 방향으로 가려는 성질이 있다. 따라서 추세를 잘 파악하여야 한다.

추세는 상승 추세와 하락 추세 그리고 횡보 추세로 나눌 수 있는데 대표적인 것이 상승 추세와 하락 추세이다. 고점과 고점을 연결해서 그 방향이 우하향이면 하락 추세라 하고 저점과 저점을 연결하여 그 방향이 우상향이면 상승 추세라 한다. 고점과 고점을 연결하거나 저점과 저점을 연결하여 그 방향이 뚜렷하지 않으면 횡보추세라 할 수 있으므로 이때는 추세의 방향이 완전하게 나타나기 전까지는 어느 방향으로든 진입 여부를 결정해서는 안된다. 즉 방향성이 결정되기 전까지는 절대적으로 진입 여부를 보류하여야 한다.

상승 추세로 가는 것은 저점과 저점을 연결하는 우상향의 상승 추세선의 연결선이, 하락 추세로 가는 것은 고점과 고점을 연결하는 우하향으로 연결되는 하락 추세선의 연결선이 그 신뢰도가 높다. 이는 상승하는 것은 저점 지지가 강하고 하락하는 것은 고점 저항이 강하기 때문이다. 또한 추세선을 그릴 때도 상승 추세는 저점을 높이는 방법으로 상승 추세를 그려가고 하락 추세는 고점을 낮춰주는 방법으로 추세선을 그린다. 때에 따라서는 고점과 고점을 연결하는 추세와 저점과 저점을 연결하는 추세를 동시에 쓰기도 한다.

추세 분석은 장세 분석과 약간의 차이를 두지만 그렇다고 별개의 개념은 아니다. 오늘의 장이 상승장이라 하더라도 개별의 종목에서 상승하는 종목과 하락하는 종목이 있다. 오늘의 장이 분명히 폭락장임에도 불구하고 줄기차게 상승으로 가는 주식의 종목을 볼 수 있다. 이에 따라 종목별 대응이 필요한 것이 추세의 분석이다. 추세의 분석을 어떻게 하느냐에 따라 아주 간단한 방법으로 그 추세의 방향을 파악할 수 있는데 한 필자가 불멸의 법칙이라 명명한 전고점의 돌파와 전저점의 이탈은 아주 중요한 추세의 변곡점이 되기도 한다. 상승과 하락으로 추세의 변화 시 나타나는 불멸의 법칙은 아주 중요한 추세의 전환점을 알린다.

전고점을 돌파하는 지점을 기준으로 볼 때 이는 분명히 상승 추세이므로 매수로 대응해야 하며, 직전 고점을 돌파하거나 상승 삼각형 패턴 등 상승형 패턴이 나타남을 노려서 매수 진입에 가담하여야 한다. 불멸의 법칙 중 직전 저점을 이탈하는 모양이 나타날 때는 분명히 하락 추세이므로 매도로 대응하여야 한다.

필자는 데이 트레이더이므로 그 추세의 방향을 600틱으로 보고 있다. 저점과 저점을 연결하여 그 점이 지속적으로 우상승할 때는 상승 추세로 판단하여야 하고 저점과 저점을 연결하여 처음 시작한 추세의 선을 이탈하거나 고점 돌파를 실패했을 경우는 상승 추세에서 하락 추세로 변경됨을 예고하니 다음으로는 전 저점 이탈을 노려 매도 진입 시점을 찾아야 한다.

고점과 고점을 연결하여 그 추세가 우하향으로 향한다면 반드시 하락 추세이므로 직전 저점 이탈의 지점을 노려야 한다. 우상향으로 추세를 그렸는데 이 추세방향의 끝에서 추세를 이탈하는 형상을 보았을 때는 반대 추세인 하락으로 진행할 확률이 높다는 것이다. 이때의 특이점은 차트의 형태가 삼산형이나 하락 불멸의 법칙이 주로 나타난다.

저점과 저점을 연결했을 때 그 방향이 우상향이라면 불멸의 법칙 중에 직전 고점을 돌파하는 시점을 노려야 하고, 고점과 고점을 연결했을 때 그 방향이 우하향이라면 불멸의 법칙 중 직전 저점을 이탈하는 모습을 노려 매도 진입 시점을 노려야 한다. 이것이 추세 분석이다.

또한 횡보 추세가 있는데 이는 상승도 하락도 아닌 약간의 파동을 주면서 지루하게 옆으로 가는 형태이다. 이때는 그 방향성이 나타날 때까지 절대 진입해서는 안된다.

처음에 언급한 대로 숲을 보되 나무도 봐야 하고 나무를 보되 숲을 봐야 한다. 여기에서의 숲은 패턴 분석과 추세 분석과 파동 분석이 될 것이고 나무는 캔들 분석이 될 것이다. 어느 하나 별도로 해석해서는 안될 부분이다.

추세가 하락을 멈추고 상승으로 가기 위해서는 반드시 그 시초가 되는 상승형 캔들이 나타나야 한다. 추세의 분석을 말하는 장에서 이미 패턴분석과 파동분석과 캔들분석이 나왔다. 이는 상호 연관성을 절대로 무시해서는 안된다는 의미이며 추세분석의 마지막이 패턴분석이고, 패턴분석의 마지막이 추세분석임과 동시에 그 제일 끝에 연결된 것이 캔들의 분석이다. 어느 하나 떼어 놓고 분석할 수 없는 상호 연관성의 성질을 띠고 있다. 어느 하나 떼어 놓고 볼 수 없는 것이 추세, 패턴, 캔들, 파동, 각도이다. 앞으로도 이 다섯 가지에 대해서 수시로 언급할 것인 만큼 그 중요도가 어느 것이 더하고 어느 것이 덜하다고 할 수 없는 것이다. 그만큼 우열을 가리기 힘든 것이 추세 패턴 캔들 파동 각도 분석이다.

캔들분석을 등한시하거나 아예 그 의미를 두지 않게 되면 이는 손실의 지름길임을 나중에 깨닫게 되며 그 깨달음이 너무나 오랜 시간이 흐른 뒤라는 것이다. 맥점의 위치는 캔들의 분석 위치이며 패턴분석이 마지막 시점이며 추세분석의 마지막 시점이 캔들이다.

이렇게 중요한 시점을 알려주는 것이 많은 분들이 등한시하는 캔들분석이다. 이러한 중요 부분을 말해주는 캔들분석을 등한시하거나 몇 개 되지 않는 캔들의 형태에 대한 의미를 두지 않는다면 이 시장을 떠나야 할 이유가 충분하다고 생각한다. 따라서 가장 기본이 되는 캔들의 분석은 어떠한 것보다 중요하게 다뤄야 할 부분이다.

캔들의 중요성에 대해 수없이 많이 강조했는데 이를 등한시하고 다른 어떠한 비법을 찾는다고 하면 지구 끝까지 뒤진다 해도 그 비법은 찾지 못할 것이다. 기본이 그렇게 중요한데 그 기본을 무시하고 다른 것을 찾아 나선다면 그 기본을 알 때까지는 절대로 다른 것을 알지 못한다는 것이다.

저점과 저점을 연결하여 상승 추세라고 판단이 되면 상승형 캔들에 주목하여야 한다. 반대로 고점과 고점을 연결하여 하락 추세라고 판단되면 하락형 캔들에 주목해야 한다. 이를 무시하고 반대로 간다면 불 보듯이 뻔한 결과를 초래할 것이므로 반드시 명심해서 캔들의 분석을 익혀두고 응용해야 한다.

상승형 캔들에는 대표적인 것이 상승장악형, 관통형, 상승잉태형, 적삼병, 샛별형 등이 있고, 하락형 캔들의 대표적인 것은 하락장악형, 하락잉태형, 흑운형, 흑삼병, 석별형 등이 있는데 그 형태에 대하여는 캔들 분석의 장에서 자세하게 다룰 것이다. 여기서 캔들의 형태에 대하여 언급하는 것은 추세분석의 마지막에 반드시 캔들분석이 뒤따르기 때문이다.

모든 추세의 마지막에는 캔들이 존재한다는 것을 잊어서는 안되며 그 마지막에 캔들이 형성되지 않으면 추세 또한 완성되지않는다.

추세분석의 중요함도 잊지 말아야 하지만 추세분석과 함께 보아야 할 것들이 패턴, 파동, 각도, 캔들 분석임을 잊지 말아야 한다. 앞으로 다룰 모든 형태의 분석에서도 캔들분석의 중요성이 우선순위에서 빠지지 않음을 이해해야 한다. 모든 형태의 분석에서 우선순위가 없으며 모든 형태의 분석에서의 중요도 역시 우선순위를 결정할 수 없다는 것이다.

추세의 선이 우상향으로 향하고 있는데 매도로 진입한다면 이는 절대로 안되며, 추세의 선이 우하향으로 향하고 있는데 매수로 진입을 노려서는 절대로 안됨을 다시 한번 강조한다. 이것이 추세분석의 결론이다. 즉 방향성을 파악하고 그 방향성에 맞는 진입을 모색하여야 한다. 추세의 마지막에는 반드시 캔들이 존재한다는 것도 잊어서는 안된다.

추세뿐만 아니라 패턴 각도 파동의 마지막에는 반드시 캔들이 존재한다는 것을 잊어서는 안된다. 캔들의 완성 없이는 어떠한 추세도, 패턴도, 파동도, 각도도 완성될 수 없음을 이해하여야 한다.

그렇다면 우리는 언제 추세의 시점에서 진입을 시도하여야 할까. 제일 중요한 문제다. 추세의 마지막에서 추세의 변화가 일어나는 것은 추세선을 그어서 확인을 했으므로 추세를 돌파할지 아니면 그 지점이 다시 저항이 될지를 유심히 관찰해야 한다. 이때 추세를 돌파하기 위해서는 반드시 캔들의 완성이 나타나야 함을 잊지 말아야 한다. 추세선을 돌파하기 위해서는 커다란 힘이 필요하며 그 힘은 캔들의 크기이다. 장대봉이 그 추세의 마지막에 나타난다면 추세의 변화가 일어나고 있음을 알아야 한다.

진입을 고려해야 하는 시점이 추세에서는 바로 이러한 시점이다. 하락 추세에서 상승 추세로의 변화 과정이라면 장대양봉이 나타나야 하고 상승 추세에서 하락 추세로의 전환은 장대음봉이 나타나야 비로소 추세의 전환이 진행된다고 볼 수 있다. 추세 매매를 한다면 우리는 이 지점까지 기다려야 한다는 것을 잊지 말아야 한다. 기다림의 미학에서 기다리는 방법과 이유를 알았고 왜 기다려야 하는지를 충분히 이해했을 것이다. 진입 시점을 이해하고 장대봉의 출현을 무서워하지 않고 이해했다면 추세 격파는 이제 마무리 된 것이다.

이처럼 하나씩 그 의미를 깊게 새겨보아 왜 그래야만 하는지를 이해한다면 이미 절반은 성공한 것이다. 왜냐하면 기다림의 진정한 의미를 알았고, 또한 추세에서 왜 기다려야 하는지를 알았으므로 이제는 이것만 적용해도 커다란 실패는 줄일 수 있을 것이다. 여기서 중요한 것은 추세매매를 하려고 진입했는데 갑작스런 변화로 추세를 이탈했을 경우이다. 이때는 반드시 손절의 시점을 잡아야 하는데 그 시점이 바로 추세의 이탈점임을 명심해야 한다. 이처럼 각 단원마다의 진입 시점과 손절의 시점을 이해하고 넘어가며 그것을 적용할 수 있기를 바란다.

추세에서의 진입 시점은 추세의 돌파 지점이고 추세의 돌파 시점은 캔들이 완성된다는 것을 잊지 말자.

추세 격파의 마무리는 불멸의 법칙에 있다.

〈그림1〉

그림 1은 클루드오일 600틱이며 2018년 5월 9일 00시경의 차트이다. ① 부근에서 직전 저점을 이탈하는 하락 불멸의 법칙이 나타나고 단시간 내에 엄청난 하락을 이끌었다. 추세 화살표 부근 지점에서 상승으로의 진입은 엄청난 손실을 초래한다. 이처럼 추세를 한번 잘못 타고 손절을 제때 하지 못하면 단시간 내에 엄청난 손실을 볼 수가 있다. 고점과 고점을 연결하는 추세의 전환점이 되는 ②의 지점이 되어서야 비로소 하락 추세가 멈추고 상승으로 전환됨을 알 수 있다.

하락 추세로의 전환점에서는 주로 직전 저점을 이탈하거나 헤드앤숄더의 모형을 나타내거나 하락 불멸의 법칙이 나타나는 것이 그 특징이다.

〈그림2〉

추세 이탈

그림2는 클루드오일 600틱 2018년 5월 9일 03시 부근의 차트이다. 상승 추세의 전환을 보여주고 있다. 화살표 부근 지점에서의 매도진입은 엄청난 손실을 안겨준다. 추세의 전환은 장기 추세선의 이탈과 특징적인 것들이 많이 나타나는데 그것이 불멸의 법칙이다.

하루에도 이처럼 많은 변화를 주므로 추세를 잘못 읽으면 하루에도 많은 손실을 입게 된다. 저점과 저점을 연결하여 그 추세선을 이탈할 시에는 추세의 변화가 왔다는 것을 직시하여야 한다.

상승 추세의 시작점에서는 주로 직전 고점의 돌파를 보이는 상승 불멸의 법칙이나 혹은 역 헤드앤숄더의 모형이 나타난다.

우하향으로 고점을 낮추는 하향 추세

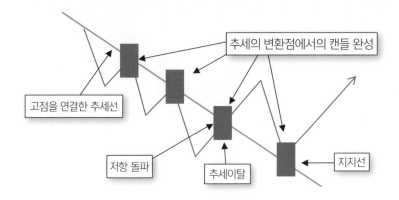

추세의 변환점에서의 캔들 완성

고점을 연결한 추세선

저항 돌파

추세이탈

지지선

    하향 추세 때에는 매수 진입을 노려서는 안된다. 매도 진입을 노려야 하며 추세선을 이탈하면 비로소 매수 진입시점을 찾아야 한다. 추세의 변환 지점에서는 반드시 캔들의 변화가 일어나야 하며 추세선에 저항의 시점과 지지의 시점에 그에 상응하는 캔들이 생겨야 그 의미를 부여할 수 있다. 추세선에 닿기 전에 생기는 캔들의 변화는 자칫 속임수일지도 모르므로 이때에 형성되는 캔들은 완벽하고 커다란 캔들이 아니면 믿어서는 안된다. 저항의 돌파와 추세의 이탈 지점은 어쩌면 이동평균선이 대기할지도 모른다. 따라서 이 지점에서 이동평균선이 대기하고 있다면 그 확률이 더욱더 강하다. 이처럼 어떠한 변곡점에서의 분석은 하나가 아닌 두 개 이상의 의미가 있는 분석 지점이라 하면 그곳을 지켜 주거나 이탈할 수 있는 확률이 더욱더 높으므로 예의주시하여야 한다. 고점을 낮추는 추세에서는 직전 저점을 이탈하는 하락 불멸의 법칙이 자주 나타난다.

우상향으로 저점을 높이는 상향 추세

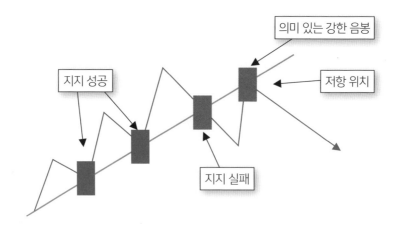

지지 성공

의미 있는 강한 음봉

저항 위치

지지 실패

　우상향으로 고점을 높이는 추세에서는 그 추세가 이탈하기 전까지는 어떠한 경우가 있더라도 매도진입을 꾀하여서는 안된다. 추세의 변환이 일어난 다음 약간의 반등을 준 뒤에 저항 지점에서 확실한 헤드앤숄더의 모형이 나타난 뒤에 매도로 진입해도 늦지 않는다. 여기서 확실한 헤드앤숄더의 모형이 나타난 것을 어떻게 아느냐 하면 저항의 지점에서 의미 있는 강한 음봉의 출현이다. 이 지점에서의 매도진입을 하였는데 상승으로 그 위치를 바꾸어 줄 때는 직전에 발생되었던 확실한 음봉의 크기를 장대양봉으로 덮을 때가 손절의 시점이다. 어쩌면 최고의 지점에서 매도진입할 수 있으리라 생각될 만큼의 위치에서 매도로 진입하게 된다. 이 지점에서 매도진입을 하지 못했다면 바로 직전 저점을 이탈하는 시점이 매도진입 시점임을 잊지 말아야 한다. 최적의 타이밍이 왔을 때 그 지점을 놓치면 다음의 타이밍이 올 때까지 다시 한번 기나긴 기다림이 지속돼야 한다는 것을 잊어서는 안된다. 우상향으로 저점을 높이는 상승 추세에서는 그 추세가 무너지기 전까지 상승 불멸의 법칙이 자주 나타난다.

횡보 추세

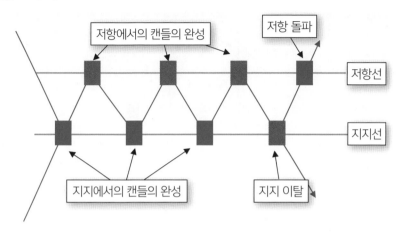

횡보 추세에서는 횡보 기간이 끝날 때까지 기다림의 연속이다. 횡보 추세에서의 무리한 진입의 시도는 자칫 커다란 손실로 이어질 수 있으므로 끈질긴 기다림으로 대응하여야 한다. 언제 어느 때 저항을 돌파할지 혹은 지지점을 이탈할지 모르기 때문에 그러한 징조가 나타날 때까지의 기나긴 기다림을 버텨야만 달콤한 수익을 얻을 수 있다. 동서양의 많은 전문가들은 횡보 추세는 패턴이므로 패턴이 완성되기 전까지는 어떠한 방향으로든 절대로 진입을 시도해서는 안된다고 조언한다. 이 조언대로 횡보의 추세가 상승 혹은 하락 추세로의 전환점을 이룰 때까지 어떠한 액션도 취해서는 안된다. 백전백승이 목표이기 때문에 길목에 서 있다가 세력들이 그러한 패턴을 완성시켜 주는 것을 확인한 후 진입을 시도한다 해도 결코 늦지 않을 것이다. 만약 이때의 진입 시점을 놓쳤다면 다음의 어떠한 추세의 변화가 올 때까지 또 다시 기나긴 기다림만이 안전하게 계좌를 지킬 수 있는 방법임을 명심하자. 추세의 변환은 개미들이 절대로 이룰 수 없는 성지이다. 세력들이 만들어 줄 때를 기다렸다가 그것이 비로소 만들어질 때 진입할 수 있는 기다림의 인내가 필요하다. 기다림은 모든 투자 수단에 우선함을 잊어서는 안된다.

추세와 파동과 패턴

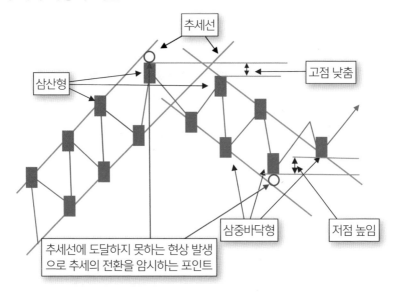

복잡한 모형을 하고 있지만 이것이 추세와 파동과 패턴의 집합체라고 할 수 있다. 추세선에서 각각의 의미 있는 캔들이 나타남으로써 지지와 저항을 표시했고 추세선에 도달하지 못하는 캔들이 있음으로써 추세의 전환을 꾀하는 모형까지 가능하면 많은 것을 표현하려 하였다. 이 부분에서 나타나는 삼산형이나 삼중바닥형 다음에 고점을 낮추는 헤드앤숄더형과 고점을 높이는 역헤드앤숄더까지 표현했다. 이것만 제대로 파악하고 이런 모형이 나타날 때까지 기다릴 수 있다면 반드시 커다란 성공을 이룰 수 있을 것이다. 추세와 패턴과 파동의 각각 부위의 지지와 저항에서 이 부근에 흐르고 있는 이동평균선이 존재한다면 더욱 더 각 부근에서의 신뢰도가 높을 것이다. 어느 지점에서의 지지와 저항이 그리고 그 지점에서 반드시 나타나야 할 중요한 의미의 캔들이 이러한 추세와 패턴과 파동을 보여 주고 있는 것이다. 각 지점에서 나타나고 있는 캔들의 유형이 제시한 형태와 다르다면 주식시장은 혼돈의 시장이 될 수밖에 없고 지금까지의 기술적 분석이 모두 무용지물이 될 것이다.

하락 추세에서의 지지와 저항

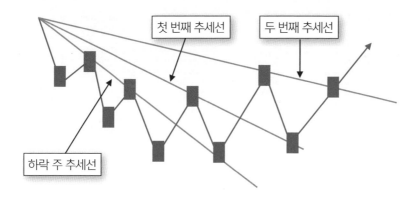

상승 추세에서의 지지와 저항

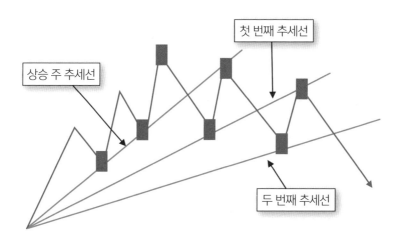

05

각 도

파 동

패턴격파

백 전 백 승
각 개 격 파

실패와 성공의 원인 분석

추 세

패 턴

캔 들

모든 패턴은
불멸의 법칙 하나로 통한다

패턴의 형태는 참으로 많은 종류가 있다. 여기서는 대표적인 것 몇 가지만을 논하려 한다. 주식에 입문하고 난 뒤 공부하려 했다면 이미 많은 부분을 알고 있으리라 생각한다. 필자는 안 주면 안 한다는 말을 많이 했다. 이는 성적인 발언이 아니라 패턴의 형태가 올 때까지 기다린다는 의미이다.

적절한 표현이 아니라는 것은 알지만 좀 더 과격한 표현을 써서 귀에 쏙 들어오도록 그 문장을 사용하였으므로 다소 불편함을 느끼는 독자들은 다른 말로 바꾸어 활용하였으면 한다. 하지만 그 의미는 잊어서는 안된다. 요즘 미투 운동이 확산하는 마당에 적절치 못한 문장의 선택으로 많은 분들의 공감을 얻지 못하더라도 사용하는 의도가 불순한 의도가 아니므로 이해 바란다.

안 주면 안 한다 줄 때까지 기다린다. 그래야만 원하는 것을 얻을 수 있다. 본인이 가장 좋아하는 패턴의 형태가 올 때까지 기다리고 또 기다려야 한다. 기다림의 미학에서 어여쁜 님이 올 때까지 기다리고 또 기다려야 한다고 강조를 했다. 그것이 마냥 기다리란 뜻이 아니라는 것을 모두 알 것이다. 기다림의 끝은 패턴의 완성이며, 파동의 완성이며, 추세의 완성이며, 각도의 완성이며, 캔들의 완성이다.

기나긴 기다림의 끝에 각종 패턴의 완성을 만났으면 더 이상의 기다림이 있어서는 안된다. 지루하고 힘든 기다림 끝에 각종 패턴의 완성을 만났으니 달콤한 수익을 즐길 때가 된 것이다.

기다림의 미학이란 단원에서 다루었던 부분을 상기해 보자. 기다림이 끝났으면 그 완급을 조절할 줄 알아야 한다고 언급했을 것이다. 긴 기다림을 참고 인내하느라 많은 시간을 허비했을 것이다. 패턴의 형태라는 것이 아무 때나 나타나는 것이 아니기 때문에 본인이 사용상 가장 성공 확률이 높은 패턴의 형태를 골라 그런 형태가 나타나기를 기다리면 된다. 중요한 것은 그 형태가 완성될 때까지 절대로 매매에 임해서는 안된다는 것이다. 이를 어기는 것은 안 주면 안 한다는 원칙을 어기는 것이므로 절대적이어야 한다. 즉, 패턴의 형태가 올 때까지 기다림의 인내를 길러야 한다. 추세분석, 패턴분석, 파동분석, 각도술, 캔들분석과 불멸의 법칙이 일치하는 지점을 찾아야 한다고 강조를 했고 기다림이란 어느 파트에서도 빠짐없이 들어가는 투자의 덕목 중에 하나이다. 즉, 기다림이 없는 투자는 손실과 직결되므로 기다림이야말로 투자 자산이고 덕목이다.

어떠한 형태의 패턴이 완성되기 전까지는 절대로 진입을 시도해서는 안된다. 패턴이 완성된 지점의 위치들을 맥점이라 칭하는데 그 맥점의 완성이 올 때까지 절대적으로 진입을 시도해서는 안된다는 것이다. 이런 형태가 올 때까지 기다리지 못한다면 이 시장을 떠나야 할 이유가 또 충분하므로 기다릴 수 없다면 아까운 돈을 날리기 전에 이 시장을 떠나는 것이 바람직하다. 지금 당장 보따리를 싸서 떠나기를 강력하게 권한다. 백전백승을 할 수 있는 원천적인 무기인 기본이, 기준이, 원칙이 완성될 때까지 이 시장에 얼씬거리지 말아야 할 것이다. 엄청난 화력과 재력과 인재들과 인공지능 기계를 가지고 있는 어마무시한 무리들과의 싸움에서 이겨야 하는데 추세, 패턴, 파동, 각도, 캔들이 완성될 때까지 기다릴 수 없다면 실패를 하는 것과 별반 다름이 없다.

어마무시한 재력을 가진 자들과 싸움에서 이기는 방법은 그들이 만들어 가고 있는 패턴의 형태가 완성되기를 기다렸다가 그 시점이 완성되는 지점을 공략하는 것이다. 패턴의 형태는 수없이 많이 있지만 그 중에 대표적인 것 몇 가지만 이야기할 것이다. 나머지 부분에 대해서는 독자 여러분들이 직접 인터넷을 뒤지고 패턴분석에 대한 서적을 뒤져서 숙지하기 바란다. 본인이 가장 좋아하는 패턴이 올 때까지 절대로 매수건 매도건 진입을 해서는 안된다.

그렇다면 어떠한 패턴이 자주 등장하는지를 파악하고 확률이 높은 패턴이 나타나기를 기다리면 된다. 미리 예측하지 말고 패턴의 완성을 기다려야 함도 잊지 말아야 한다. 패턴의 종류를 공부하다 보면 그 패턴이 완성되고도 알고 있던 방향대로 움직여 주지 않는 경우를 종종 볼 수 있다. 때문에 많은 전문가들이 패턴의 완성을 기다리라고 하는 것이다.

예측 매매도 하지 않아야 하는 것이 상승삼각형 혹은 하락삼각형의 패턴을 두고 보았을 때 그 패턴이 교과서대로 갈 확률과 이탈할 확률을 비교하여야 한다. 모든 패턴은 그 모형대로 갈 확률에서 이탈할 확률이 있으므로 그에 대비하기 위해서는 반드시 패턴의 완성을 기다려야 한다. 그 패턴 완성의 마무리는 캔들의 완성임을 잊지 말아야 한다.

우리가 등한시하고 별 생각 없이 스쳐 지나가던 캔들이 자주 등장함을 알 수 있는데 패턴의 완성은 캔들의 완성에 있음을 좌시해서는 안된다. 그만큼 캔들도 중요하다. 캔들의 중요성은 아무리 강조를 해도 부족함이 없을 정도이므로 꼭 알고 이해하고 넘어가야 한다. 앞에서 말한 불멸의 법칙, 추세분석, 패턴분석 그리고 앞으로 다룰 각도술 및 파동 등에서도 모두 그 종착역에 가서는 캔들이 있음을 알고 있어야 하며 어떤 것보다 중요함을 잊어서는 안된다. 나무만 보고 숲을 보지 못해서는 안되고 숲만 보고 나무를 보지 못해서는 안된다는 이유가 패턴과 추세와 파동과 각도와 캔들의 관계 때문이다.

모든 부문에서 캔들은 나무다. 나무가 없으면 숲을 이룰 수가 없다. 즉, 캔들의 완성이 없이 어떠한 패턴도 완성이 될 수가 없다. 패턴의 종류는 수없이 많다. 그 패턴의 종류를 일일이 나열한다는 것은 참으로 귀찮은 일이다. 패턴의 종류는 두 가지로 압축할 수 있으며 상승형 패턴과 하락형 패턴이 그것이다. 많은 전문가들이 이러한 형태의 패턴 구별법에 대하여 여러 방법으로 자세하게 소개하여 놓았고 그러한 책자들은 어디서나 구하여 볼 수 있다. 가볍게 인터넷만 뒤져도 패턴의 형태에 대하여 너무나 자세하게 나와있기 때문에 여기서 그 형태의 종류에 대하여 다루지는 않기로 하겠다.

필자는 주식이든 선물이든 쉽게 접근하자는 주의이다. 이 시장은 분명 어려운 것은 사실이다. 그렇지만 접근하는 것 자체는 쉽게 하자는 것이다. 복잡하게 접근하지 말고 쉽게 접근할 수 있는 방법을 찾아보자. 주식이나 해외선물

투자라는 직업을 부업을, 혹은 재테크로 선택했을 때 수익을 창출하려고 피 같은 종잣돈을 투자하고 이익을 창출하려 할 때의 접근 방법이 좀 더 쉽게 하자는 주의이다.

하나만 알아서 되는 것은 아니다. 파동 추세 패턴 각도술 캔들들의 복합적인 지식을 접목해서 진입의 초기에 적절한 진입의 시점을 잡자는 데 목표가 있다.

패턴의 특징은 딱 하나로 압축할 수 있으며, 어느 패턴에나 적용할 수 있는 방법이다. 또한 이는 어떠한 전문가가 온다 하더라도 부인할 수 없을 것이며 아주 간단명료하기도 하다. 상승하거나 하락하기 위해서는 필수적으로 겪어야 하는 것이 있다. 즉, 패턴의 모든 형태는 직전 고점을 돌파하거나 직전 저점을 이탈하는 불멸의 법칙을 반드시 동반한다는 것이다. 아주 기본적인 형태가 녹아 있는 것을 패턴이란 용어하에 수십여 가지의 모형을 만들고 그것을 익히고 적용하고 활용하기 어렵게 하고 있지만 패턴의 모든 형태는 불멸의 법칙 하나뿐이다.

주식이나 선물은 상승이냐 하락이냐 하는 홀짝의 문제이다. 이 홀짝의 문제를 쉽게 풀어가려고 각종 보조지표를 사용하여 상승과 하락을 예측하고 진입의 시점을 찾아내려 하는데 여간 어려운 것이 아니다. 하지만 홀짝의 문제를 어렵게 풀지 말고 좀 더 쉽게 풀어 가자는 것이 필자의 취지이며 목표이다.

앞서 말했듯이 패턴의 종류는 수없이 많다. 패턴 한 가지만 다루는 책에서도 수백여 페이지를 할애하여 패턴을 다루고 있을 만큼 종류가 방대하다. 패턴도 살펴보면 두 가지로 분류해서 그 특징을 잡으려 했고 그 두 가지가 상승 패턴과 하락 패턴이다. 아무리 많은 패턴의 종류를 나열한다 하더라도 이 두 종류에서 벗어날 수는 없다. 또한 불멸의 법칙이라고 칭한 직전 고점 돌파와 직전 저점의 이탈은 모든 패턴이 이것으로 통한다. 결론적으로 말하면 패턴은 불멸의 법칙 하나뿐이다.

패턴의 시작점에서 진입을 하여 많은 수익을 낼 수 있으면 좋겠지만 그 많은 패턴을 암기하고 응용하고 활용하는 수준까지 가자면 아마도 골머리가 터져 나갈 것이다. 따라서 작게 수익을 보더라도 이러한 패턴의 종류 중에서 불멸의 법칙에 적용되는 것들만 찾아 내면 되는 것이다.

차트로 표현하는 어떤 종류의 형태든 이런 불멸의 법칙을 벗어날 수 있는 것은 지구상 어디에도 존재하지 않을 것이다. 따라서 우리는 적게 먹더라도 안전하게 백전백승과 일발 필살의 기개로 그러한 점만 노리면 된다. 어렵고 복잡한 패턴 공부 이것이 전부이다. 또 수없이 많은 패턴 중에 가장 빈번하게 나타나는 몇 가지의 패턴만 익혀 그 현상이 나타날 때까지 기다리면 되는 것이다. 형태도 알 수 없는 패턴의 모든 것을 암기하려고 이해하려고 응용하려고 활용하려고 애쓰는 것보다 가장 빈번하게 나타나는 패턴의 형태 몇 개만을 이해하여 적용하는 것이 쉬울 것이다.

필자는 복잡하고 어려운 것을 싫어한다. 따라서 모든 것을 간결하고 쉽게 풀어 활용하려고 애를 썼다. 어느 것을 보더라도 패턴의 완성은 그 마지막에 반드시 캔들의 완성으로 이루어진다. 캔들의 완성이 따라 주지 않는다면 패턴은 완성되지 않고 실패한다는 의미이다. 그만큼 우리가 등한시했던 캔들의 완성이 얼마나 중요한 역할을 하는지 이해해야 한다. 또한 캔들 하나하나에 부여되는 의미도 이해할 수 있어야 함은 두말할 나위 없는 것이다. 캔들의 완성이 없다면 지금까지 알려진 모든 패턴의 분석은 무용지물일 것이다. 모든 종류의 패턴은 불멸의 법칙으로 통한다.

기본적 패턴의 완성

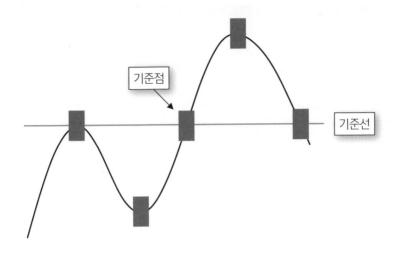

패턴의 가장 기본적인 형태이다. 이러한 형태의 그림은 어느 책에서나 볼 수 있고 가장 많이 예로 들어 설명하므로 눈에 많이 익었을 것이다. 이때 직전 고점을 돌파하기 위한 캔들의 형태와 직전 저점을 이탈하기 위한 캔들의 형태를 유심히 지켜 봐야 한다. 지지점이나 이탈 지점에서 과연 이 지점을 지지해 줄 것인가의 여부는 오로지 캔들의 역할에 달려있는 것이다. 지지해 줄 위치에서 강한 장대음봉이 나타날 경우는 지지의 실패가 되지만 의미를 둘 수 없는 작은 음봉은 실질적으로 판단하기 아주 애매한 부분이기도 하다. 이럴 때에는 관망하면서 확실하게 지지와 돌파가 진행됐을 때 진입하는 습관을 길러야 한다.

돌파하겠지 하는 기대감과 이탈하겠지 하는 예측만 가지고는 절대로 이 시장에서 살아 남기 힘들다. 눈에 보이는 것만 믿고 예측하여 진입하는 행위는 일절 하지 말아야 한다. 돌파와 지지점에서는 반드시 의미 있는 강한 봉이 나와야 돌파와 지지를 성공한 것이다.

대칭형 삼각패턴

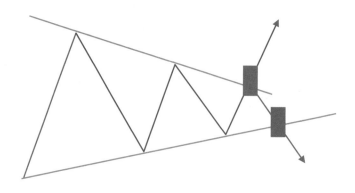

　패턴의 형태 중에서 많이 나타나는 형태이므로 반드시 익히고 가야 한다. 패턴의 완성은 추세선의 이탈 지점이므로 이때의 추세선 이탈은 어느 쪽으로 하느냐를 지켜 본 뒤에 진입을 시도하는 것이 바람직하다. 어떠한 패턴의 형태에서도 이 점은 반드시 지켜야 한다. 추세선을 강하게 이탈하거나 돌파할 때에는 그 방향으로의 힘이 강하므로 돌파시점의 캔들의 모형을 보고 반드시 그 쪽으로의 진입을 시도하여야 하며 이때 주의해야 할 점은 시기를 놓쳤다고 추격 매수나 추격 매도를 하지 말아야 한다는 것이다. 이러한 패턴을 노렸는데 시기를 잘못 잡고 타이밍을 잘못 잡아 진입을 하지 못했다면 다음 시기를 기다려야 한다는 것을 명심하여야 한다. 하루 종일 기다리는 것은 적용하기 좋은 패턴의 형태가 오기를 기다리는 것이다. 그런데 자칫 그러한 시기를 놓쳤다고 무리하게 진입을 시도한다면 불 보듯이 뻔한 결과를 가져 올 것이다. 목표는 백전백승이다. 따라서 무리한 진입은 절대로 해서는 안된다. 진입의 시기를 놓쳤다면 불멸의 법칙이 나타나는 시점이 진입시점이며 손절의 시점은 상승과 하락의 각각의 완성시점을 훼손하는 위치의 값이다.

상승 삼각패턴

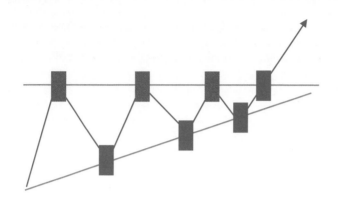

장대양봉 혹은 장대음봉이 각각의 지지점과 저항점에서 의미 있는 캔들이 완성되어야만 그 신뢰도가 높다. 패턴의 완성 시점에서는 장대양봉이 나타나서 상승 쪽으로 방향을 전환시켜줘야 하며, 각각의 지지선에서는 양봉이 저항선에서는 음봉이 나타나야만 한다. 어떠한 패턴에서도 캔들의 완성이 이루어지지 않으면 지지 라인과 저항 라인이 무너지면서 추가적인 하락이나 추가적인 상승이 나타남을 잊어서는 안된다. 이러한 패턴은 전형적인 상승 삼각형의 패턴임이 틀림 없지만 모든 면에서 100% 완벽한 상승 패턴은 아님을 알아야 한다. 많은 전문가들이 전형적인 상승 패턴임에도 패턴의 완성이 이루어질 때까지는 완성이라 할 수 없으니 패턴의 완성을 기다리라고 조언을 한다. 또한 이러한 패턴에서 나타나는 특징 중 하나가 저점을 높인다는 것이다. 저점을 높이다가 어느 시점에서 고점과의 거리가 가까운 시기에 장대양봉을 만들어서 패턴을 완성시키고는 급등하는 것을 많이 보게 된다.

이런 패턴의 형태를 상승 삼각 패턴이라 한다. 이때의 진입 시점은 저항으로 보이던 고점을 뚫고 올라가며 장대양봉을 만드는 시점임을 잊지 말아야 한다. 직전 고점까지만 해도 음봉을 만들어 하락을 유도했었으나 양봉의 출현을 알리면서 상승으로의 전환을 알려준다. 음봉과 양봉을 그려 넣은 것은 이러한 시점의 지지와 저항에서는 그 추세를 유지하기 위해서 반드시 같은 형태의 음봉이나 양봉이 나타나야 함을 암시한 것이다. 만약 표시한 부분의 음봉이나 양봉이 형성되지 않는다면 패턴의 형태가 바뀌게 된다는 것을 이해할 수 있어야 한다.

상승 삼각형의 패턴에서 손절의 시점은 상승 삼각형을 완성하는 시점을 훼손하는 위치의 값이다.

패턴 중에 시간파를 동반하는 것으로 상승 삼각형과 하락 삼각형 등을 들 수 있다. 상승 삼각 패턴에서 그 활용하는 기준 캔들이 30분봉이라면 상승 삼각 패턴의 완성이 되는 시점까지의 공간을 계산하면 몇 개의 캔들이 완성된 뒤에 본격적인 상승으로의 릴레이를 펼칠 것이라는 것을 알게 된다. 그렇다면 그 공간의 위치만큼 캔들이 형성될 숫자를 계산하면 몇 분 후 몇 시간 후에 상승 전환할 것이란 것이 예측 가능하다. 이것이 시간파라면 그 시간 동안에의 기다림은 필수적이어야 할 것이다. 기다림은 모든 투자행위의 기본이 되는 덕목이며 어떠한 투자의 행위보다 앞서며 투자의 자본보다 더욱 아끼는 자산이어야 한다.

상승 삼각형의 완성은 불멸의 법칙 완성에 있다.

하락 삼각패턴

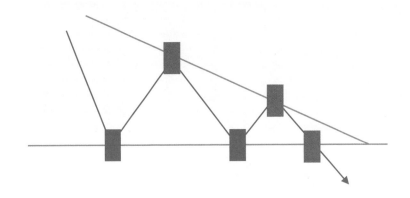

　전형적인 하락 삼각 패턴으로 상승 삼각 패턴과 반대로 생각하면 된다. 고점을 점점 낮추면서 바닥의 지지점은 일정하게 하는 패턴으로 상승 삼각형과 함께 유력하게 많이 나타나는 형태이다. 이러한 형태가 나타난다고 해서 반드시 하락으로 이어지지 않는다는 것을 여러 차례 이야기했다. 또한 많은 전문가들이 이러한 형태의 패턴이 반드시 완성되기를 기다렸다가 진입을 시도해도 늦지 않는다고 말하는 이유가 반드시 꼭 이러한 형태가 하락하지 않는다는 것이다. 속임수가 있다는 것이다. 캔들의 완성에 많은 관심을 가져야 하며 지지점이나 저항점에서 의미 있는 캔들이 나타나야만 진행 방향으로 지속적으로 흐른다는 것이다. 모든 패턴과 추세와 파동의 끝자락에는 언제나 캔들의 완성이 대기하고 있음을 잊어서는 안된다. 캔들의 완성이 곧 패턴의 완성을 의미한다. 패턴의 완성 전에 생기는 캔들의 완성에는 의미를 부여하지 않는다. 이러한 패턴의 완성을 기다리다가 진입의 시점을 놓쳤다면 두말할 나위없이 다음에 나타나는 패턴의 형태를 기다려야 한다.

　하락 삼각형에서의 손절의 시점은 하락 삼각형을 완성하는 시점을 훼손하는 위치의 값이다. 모든 패턴은 교과서적으로 똑같은 형태가 발생되지 않는다는 것도 이해하여야 한다.

　하락 삼각형 패턴의 완성은 불멸의 법칙 완성에 있다.

하락 가속 패턴

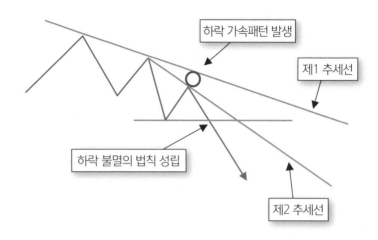

하락하던 주가가 추세선에 닿지 않는다면 추가적인 하락이 엿보이므로 이때의 매도진입 시점은 하락 불멸의 법칙이 성립되는 시점이다. 하락 가속패턴에서 캔들이 추세선을 완성하지 못하고 의미 있는 커다란 음봉을 만들 시에는 이지점을 기점으로 추가적인 하락을 시도할 수 있으므로 이때의 매도 진입 시점은 하락 불멸의 법칙이 작용되는 시점이다.

하락 불멸의 시점이 적용된다는 것은 이 지점에서 강한 음봉이 발생된다는 의미이므로 이 지점에서의 음봉 확인 후 매도 진입에 들어가야 한다. 간혹 이지점을 지지선 삼아 반등을 시도하는 경우가 종종 있으므로 반드시 하락의 신호를 보고 나서 진입을 시도한다. 이때의 손절 위치는 하락 불멸의 법칙에 해당하는 위치의 값을 훼손하였을 때이다.

하락 가속패턴의 완성은 불멸의 법칙에 있다.

상승 가속 패턴

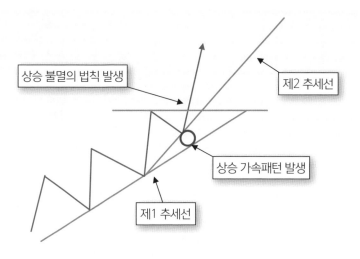

상승을 지속하던 주가가 추세선에 닿지 않고 그 상승 추세를 올리면 상승 가속 패턴에 해당된다. 추가적으로 가속하여 끌어 올리겠다는 징표이므로 이때의 대응방법은 직전 고점을 강하게 돌파하는 흐름을 보여 줬을 때 매수 가담함으로써 수익을 올리는 방법이다. 상승 가속이나 하락 가속이나 많이 나타나는 특징을 가지고 있지만 상승 가속의 패턴을 어떻게 파악하느냐는 캔들의 완성에 달려 있다. 원형으로 표시된 부근에 반드시 강한 상승을 나타내는 절대적인 양봉이 나타나야 하며 이를 기점으로 상승을 지속한다. 이때 나타난 캔들의 모형이 장대양봉 상승 장악형 등의 강한 모습이어야만 추가적인 상승을 하고 있는 상승 가속 패턴의 완성이 된다. 진입했는데 돌발적인 변수 혹은 어떠한 이유로 인해 하락을 할 때는 상승 가속의 패턴이 완성된 부분을 이탈할 때가 손절의 시점이다. 손절의 시점은 위치의 값이므로 왜 손절을 해야 하는지의 이유도 분명히 알아 둬야 한다.

상승 가속패턴의 완성은 불멸의 법칙에 있다.

쌍봉과 쌍바닥의 정의

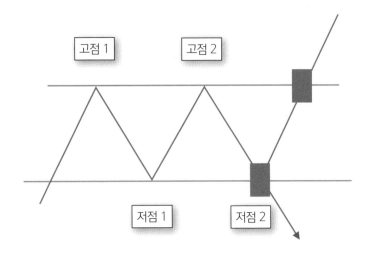

　쌍봉과 쌍바닥에서 어느 때가 쌍바닥이고 어느 때가 쌍봉인지 조금은 애매모호하다. 쌍봉을 찍었을 때가(고점2를 찍었을 때) 쌍봉인지 바닥을 이탈하는 시점 즉, 저점2를 이탈했을 때가 쌍봉인지 애매하지만 진정한 쌍봉의 위치는 저점2를 이탈하는 시점이다. 이때는 반드시 하락을 알리는 특징적인 하락형의 캔들이 나타나야 하는데 이 지점에서 지지를 알리는 상승형 캔들이 나타난다면 이는 쌍봉이 아니라 쌍바닥의 국면으로 가는 것이다. 저점2에서 하락형 캔들이 나타난다면 이는 이 지점에서 하락 불멸의 법칙이 발생되는 지점이된다. 반대로 그렇다면 쌍바닥의 개념은 어떤 것일까. 저점2를 지지해 주고 반등하는 시점이 아니라 고점2를 돌파하는 시점으로 봐야 할 것이다. 고점2에서반등을 하지 못하고 하락을 할 때는 역시 횡보로 봐야 하기 때문이다. 고점2를돌파하는 시점은 상승 불멸의 법칙이 적용되는 시점임을 잊지 말자.
　손절의 시점은 각각의 완성시점을 이탈하는 위치의 값이다.
　쌍봉과 쌍바닥의 완성은 불멸의 법칙의 완성이다.

06

각 도

파 동

파동격파

백 전 백 승
각 개 격 파

실패와 성공의 원인 분석

추 세

패 턴

캔 들

파동의 완성은
불멸의 법칙에 있다

파동이 왜 일어나는가. 이것부터 생각을 해보자. 파동 하면 제일 먼저 생각나는 것이 엘리어트 파동이론이다. 그만큼 그의 이론이 널리 알려져 있고 주식에 입문한 사람치고 이 이론에 대하여 공부하지 않은 사람이 없다. 상승파와 하락파 이것이 주된 내용인데 상승 5파가 일어난 뒤에는 하락 3파가 존재한다는 내용이다.

엘리어트 파동이론은 상승 1파가 조정 2파보다 길어야 된다는 전제 조건하에 엘리어트 파동이론이 이어진다. 그렇다면 상승 1파의 시작점이 어디냐 하는 것이다. 나중에 알고 보면 그 지점이 상승의 시작이었구나 하게 되는 것이 대부분이다. 기준점을 살리기 위해 상승 1파를 보내고 난 뒤 조정파에서 잡으려 하지만 조정파는 얼마나 조정을 받을 수 있을까. 이 또한 아무도 모르는 일이다. 얼마의 조정을 받아야 하는가에 대해 의견이 분분하지만 기본 이론상으로는 상승 1파보다 크지 않다고 하므로 조정파에서는 언제라도 들어가면 수익이 되지 않을까 하는 의문이 생긴다. 왜냐하면 조정 파동이기 때문에 언젠가는 상승 1파를 뛰어넘는 상승 3파가 일어날 것이기 때문이다. 또한 상승 3파는 상승 1파보다 그 길이가 길다는 것이다.

조정 2파라고 생각되는 지점에서 매수로 가담한다면 엄청난 수익이 보장되는 엘리어트 파동의 이론하에 수없이 많은 개미투자자들이 손실이란 단어를 되새기며 쓸쓸하게 이 시장을 떠나고 있는 것이 현실이다. 파동이 일어나는 이유는 다들 알다시피 상승하고 난 뒤 일정 수익을 챙기려는 일부의 세력으로 인하여 하락 조정파가 생기고 하락 조정파에서 저가로 인식한 세력들에 의하여 추가 매수에 들어감으로 조정파가 마무리되고 상승 3파로 이어지게 된다는 것이다. 조정파가 언제 마무리될 것인가에 대하여는 그 확률이 난무하므로 함부로 말하기는 조금 조심스럽다.

그러나 확실한 것은 조정파의 끝부분에는 반드시 상승형 캔들이 형성이 된다는 것이다. 독자들이 보는 차트가 일봉이면 일봉에서의 조정파 끝에 상승형 캔들이 생기게 되고 주봉 차트면 그곳에서의 상승형 캔들이 형성이 된다는 것이다. 상승 후 조정이란 대단원을 가지고 이야기할 때 하락 조정 후에는 반드시 상승이란 파동이 생겨나야만 하기에 우리는 이런 파동을 기다리면 된다는 이론이 성립이 된다. 또한 상승 1파 이후 조정파라고 판단이 되면 직전 저점을 이탈하지 않아야 한다는 엘리어트의 이론에 따라 반드시 역헤드앤숄더 형태의 패턴이 나타나야만 한다는 결론이 나온다.

우리는 이때를 노려야 하는데 많은 개미들이 너무나 조급히 매매에 임해 많은 손실을 보곤 한다. 처음의 장에서 말한 기다림이 얼마나 중요한지 여기서 또 나타난다. 기다림이란 내가 원하는 패턴 각도 파동 캔들 추세와 불멸의 법칙이 나타날 때까지를 말하는 것이다. 이때까지 기다리지 못한다면 기다림의 의미가 없는 것이다.

파동 역시 제일 중요한 상승이냐 하락이냐로 구분이 된다. 대추세 중추세 소추세로 구분하여 그 추세에 따라 파동의 형태도 내부적으로의 상승과 하락으로 구분을 할 수가 있다. 대추세는 상승 추세인데 소추세에서는 하락으로 볼 수 있기 때문에 이러한 지점에서의 추세 구분을 할 줄 알아야 하며 이때에 커다란 대추세를 역행하는 우를 범해서는 안된다.

엘리어트의 파동이론에 의한 파동의 시작점 즉 파동의 탄생을 알아내기란 여간 어려운 것이 아니다. 지나고 나서 그곳이 파동의 탄생 지점이란 것을 알게 되는 경우가 대부분이다. 그렇다면 우리는 첫 파동의 탄생을 그냥 과감하게 보내 주는 것이다. 그리고 난 뒤에 조정파를 기다리는 것이다.

많이 실수하는 부분이 1차 파동이 일어나는 것을 보고 그때 진입을 하기 때문에 조정파에서는 견디지 못하고 손절을 치고 나면 상승으로 이어진다. 따라서 내가 사면 상투고 내가 팔면 저점이란 기가 막히는 일이 발생하는 것이다.

조정파의 마무리 단계에서 매수를 하려고 노력해 보자. 1차 파동은 보내 주는 파동으로 하고 2차 조정 파동의 마무리를 기다리면 되는 것이다. 그렇다면

2차 조정 파동의 마무리는 어떻게 잡아낼 수 있는 것인가에 집중을 하면 된다.

어렵지 않다. 단순하다. 우선 엘리어트 파동의 이론에 의하면 1차 파동의 시작 후 2차 조정 파동은 1차 파동의 시작점을 훼손하지 않아야 한다는 대원칙을 가지고 있으며 이 대원칙은 필수적으로 지켜져야 한다. 따라서 조정 파동이 30%의 조정을 받고 상승할 것이냐, 50%의 조정을 받고 상승할 것이냐 아니면 60%의 조정을 받고 상승 3파가 진행될 것이냐를 노리면 된다.

안 주면 안 한다 줄 때까지 기다린다는 의미가 바로 또 여기에서 그 진가를 발휘한다. 반드시 상승형의 캔들이 나타나야만 2차 조정 파동이 마무리 된다. 크고 확실한 상승형 마무리 캔들이 나타난다면 이는 조정 파동의 마무리임을 인지하고 그때 비로소 매수 진입을 하면 되는데 이때의 위치가 분명 저점을 높여주는 역헤드앤숄더형이 분명할 것이다. 패턴의 형태에서는 상승 삼각형 패턴의 두번째 지지점이 될 것이 분명하므로 이 지점을 무서워해서는 안된다. 이 지점을 놓치면 다음의 매수 진입의 위치가 상승 불멸의 법칙이 존재하는 위치가 될 것이다.

파동에서도 매수해야 될 위치를 알아야 하며 매수하는 데도 그 기준이 있어야 한다는 이론이다. 기준과 원칙이 없는 것은 언젠가 무너지게 되어있다. 그 기준과 원칙에 의하여 매매가 이루어진다면 분명 커다란 수익을 볼 수 있을 것이다.

매수를 하든 매도를 하든 반드시 그 기준이 있어야 함을 잊어서는 안된다. 즉 엘리어트 파동의 1차 파동을 보냈으면 2차 조정 파동의 마지막에서 매수를 한다는 기준이 있듯이 어떠한 행위를 함에 있어서는 반드시 그 기준이 있어야 한다. 파동은 일정한 방향으로 지속하려는 가속의 성질을 가지고 있다. 그 가속의 성질을 한동안 유지하다가 가속의 성질을 다하고 난 뒤에는 파동이 전환한다. 상승 파동이 끝나고 나면 하락 파동으로 바뀌고 하락 파동이 끝나고 나면 상승 파동으로 전환된다. 이런 파동의 전환점을 알 수 있다면 얼마나 좋을까.

어느 정도 파동이 진행되고 난 뒤에서야 그 지점이 파동의 시작점이었구나 하는 것을 알게 되고 그 지점에 진입하지 못한 것을 후회하게 되는데 이미 후회는 늦은 뒤이다. 뒤늦게 따라 잡으면 상투가 되어 손절의 아픔을 겪는 경우가 비일비재하다 보니 무서움에 함부로 진입을 하지 못하는 경우가 대부분이며 또한 진입하지 못하면 보란 듯이 하늘 높이 치솟아 오르는 경우를 종종 볼 수 있다. 추세를 딱 두 가지로 압축하고 파동을 딱 두 가지로 압축하고 패턴을 딱 두 가지로 압축하여 보자. 그러면 그 두 가지는 무엇이 될 수 있을 것인가?

그것은 두말할 나위도없이 바로 상승과 하락으로 압축할 수 있을 것이다. 이 모든 것을 하나로 압축하라고 하면 불멸의 법칙이 될 것이다. 모든 종목은 상승 추세, 하락 추세, 상승 파동, 하락 파동, 상승 패턴, 하락 패턴으로 분류할 수 있는데 이것만 잘 잡으면 대박의 꿈을 이룰 있지 않을까? 각도술은 이러한 파동의 전환점, 추세의 전환점, 패턴의 전환점을 그 초입에서 잡으려는 데 주안점을 두고 꾸준하게 연구해 왔다.

기술적인 분석에서 많은 부분이 이미 주식의 상승과 하락을 점치고 있으며 그것이 정설로 시장에서 많이 활용되고 있다. 그것만으로도 이 시장에 두려움 없이 대응할 수 있는데 문제는 그것을 모두 간과하고 고급 기법을 찾아 떠난다는 것이다.

세상에는 비법이 없다. 지구 밖까지 뒤져도 비법은 존재하지 않고 이미 알려져 있는 모든 것이 바로 비법이다. 그러한 비법들이 우리의 주변에 널려있는데 우리는 그 중요성을 인식하지 못하고 새로운 비법을 찾아 날마다 여행을 떠난다. 비법 찾아 삼만리 또한 사이비 고수 찾아 삼만리…

이제 그만 찾아다니고 기술적 분석 도서 하나만 제대로 정독하자. 각 지역의 도서관에 가면 주식 책을 공짜로 빌려 볼 수 있다. 그곳에 비법이 있으니 그 책에서 의미하는 바를 제대로 파악하면 그것이 바로 비법이므로 기술적 분석 책 한 권을 제대로 정독하기를 권한다.

각설하고, 파동의 전환점은 탄생파이다. 새로운 파동의 탄생을 뜻한다. 어떠한 파동의 탄생이 일어나기 위해서는 횡보라는 긴 눈치기간이 필요하거나 기나긴 상승파 혹은 기나긴 하락파가 형성되고 새로운 전환파가 형성되는 시점을 우리는 노려야 한다. 새로운 파동의 탄생은 그 시작점에 반드시 장대봉의 캔들이 형성된다. 장대봉이 형성되면서 전환 파동의 시발점이 되는 지점은 상승의 마지막이거나 하락의 마지막 지점에서 형성되는 장대봉의 캔들이다.

반드시 장대봉의 캔들이 형성되거나 꼬리가 긴 캔들이 만들어져야만 전환파동의 시발점이라 할 수 있고 그 다음 장대봉과 방향을 같이 하는 연속성의 캔들이 일어나야 한다. 즉 상승의 마지막에는 하락을 알리는 장대음봉과 추가적으로 연속적인 음봉의 캔들이 발생되어야만 파동의 전환을 알리는 전환파동의 신호라 할 수 있다. 하락의 마지막에도 상승을 알리는 상승형 캔들과 그 다음 상승 연속성의 캔들이 나타나야만 상승 파동으로의 전환을 알리는 신호탄이 된다.

어느 시장에서도 절대적이란 것은 없다. 변수는 항상 도사리고 있다. 변수에 대한 대응 방법 또한 마련되어야 하며 이것이 바로 손절이란 것이다. 만약 장대봉이 발생되고 두 번째도 장대봉이 발생된 방향으로 캔들이 만들어진 뒤 급변한 변수에 의하여 그 방향성이 변화된다면 이는 필히 또 다른 변화가 예상되므로 반드시 손절이란 아픔을 감내하고 빠져 나와야 한다. 그리고 다음의 기회를 노려야 한다.

기회는 언제나 오기 마련이다. 이러한 파동의 변곡점이 올 때까지 기다릴 수 있는 인내력이 필요한 것이다. 안 주면 안 한다는 기본 원칙이 또한 투자의 덕목임을 잊지 말아야 한다. 줄 때까지 기다린다는 것이 얼마나 중요한 투자의 덕목인지 알아야 하며 우리의 직업은 기다림의 연속이라는 것 또한 잊지 말아야 한다.

파동의 완성은 불멸의 법칙의 완성임을 잊지 말자.

상승 파동의 기본 형태

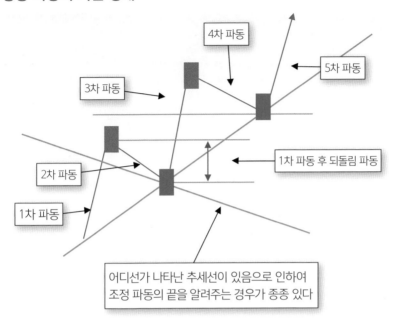

4차 파동

5차 파동

3차 파동

1차 파동 후 되돌림 파동

2차 파동

1차 파동

어디선가 나타난 추세선이 있음으로 인하여
조정 파동의 끝을 알려주는 경우가 종종 있다

　파동은 패턴의 형태를 나타내고 있으며 여기에서도 불멸의 법칙이 적용됨을
잊어서는 안된다. 추세 파동 패턴 등 많은 부분에서 불멸의 법칙이 적용되므로
어느 곳에서도 활용할 수 있는 불멸의 법칙을 직시하자.
　파동의 완성은 불멸의 법칙에 있다.

07

각 도

파 동

캔들격파

백 전 백 승
각 개 격 파

실패와 성공의 원인 분석

추 세

패 턴

캔 들

캔들은 모든 매매 방법의
기본이 된다

캔들분석은 많은 사람들이 수박 겉핥기식으로 알고 넘어가는데 캔들 분석이야말로 매우 중요한 부분이다. 지금까지 공부하고 있는 분야에 대한 최종적인 문제가 바로 이 캔들 분석에 달려있기 때문이다. 캔들 분석을 제대로 다루고 이해할 수 없다면 지금까지의 모든 것이 무용지물이 될 수 있을 정도로 중요한 것이 캔들 분석이다. 모든 것의 기본이 되는 분야인 만큼 꼭 암기하고 이해하고 넘어가야 한다. 귀찮다 생각지 말고 다른 것은 몰라도 꼭 이 장의 캔들 분석만큼은 무조건 암기하고 이해하고 넘어가자. 캔들의 분석은 모든 매매의 기본과 기준이 되므로 이를 무시하고는 어떠한 매매도 할 수 없다.

흔히들 많은 분야에서 기본에 충실하라고들 말을 한다. 그 기본이 무엇이던가? 주식에서의 기본은 캔들 분석이다. 또한 이동평균선 분석이 될 수도 있으나 그보다 먼저 태어난 것이 캔들이다. 캔들에 위치와 날짜의 개념이 포함되어 있는 것이 바로 이동평균선이다. 이동평균선의 분석보다는 캔들의 분석이 우선한다. 이동평균선이야말로 기본 중의 기본이라고 할 만큼의 중요성을 띠고 있지만 캔들을 모르고 이동평균선을 논하지는 말자. 장대양봉의 의미와 장대음봉의 의미를 절대로 잊어서는 안되며 캔들이 의미하는 것을 정확히 이해하고 넘어가자.

이동평균선에서 골드가 출현하기 위해서는 반드시 몇 개의 캔들이 양봉으로 올라 와야 한다. 따라서 이동평균선보다는 캔들의 분석을 우선시하여 이 분석을 완벽하게 마친 후 이동평균선에 대한 이해를 확고히 하여야 한다. 이동평균의 중요성보다 앞서 중요하게 생각해야 하는 것이 바로 캔들 분석이란 의미이다.

캔들의 분석은 그 어느 것보다 우선한다. 패턴이나 각도 추세 파동보다 우선시 분석을 해야 함을 잊어서는 안된다. 캔들분석은 이 모든 분석방법에 우선 하며 추세 패턴 파동 등을 변환시켜 주는 그 기본적인 역할이 캔들이다. 캔들의 변화 없이는 그 어떠한 것도 변화할 수가 없다. 추세의 변환점, 패턴의 변환점, 파동의 변환점이라고 하는 부분에서 캔들이 변환하지 않는다면 절대로 그 추세나 패턴, 파동의 변환을 이룰 수 없다. 따라서 캔들의 중요점을 깊이 인식하여야 한다. 주식이나 선물 투자의 모든 것이 이 캔들에 있다고 해도 과언이 아닐 정도로 중요하므로 이를 꼭 숙지하고 응용할 줄 알아야 한다. 다른 것들은 모른다 해도 캔들 분석만큼은 꼭 알고 넘어가자.

숲을 보고 나무를 봐야 하며 나무를 보고 숲을 봐야 한다. 모든 면에서 나무가 캔들분석이다. 투자에 있어서 기본 중의 기본을 말하는 만큼 캔들의 분석을 알지 못하면 어디 가서도 아무것도 할 수 없다는 것을 이해하기 바란다. 장대봉을 절대로 무서워하지 마라. 장대봉의 탄생은 지금까지의 추세를 한방에 역전시키겠다는 신호나 다름이 없다. 장대음봉이면 지금까지의 상승세를 한방에 하락 추세로 전환시키겠다는 신호이므로 재빠르게 매도로 전환해야 할 것이며 장대양봉은 지금까지의 하락세를 상승으로 바꾸겠다는 세력의 강력한 의지이므로 우리는 예의주시해야 한다.

이처럼 캔들 하나가 전체의 흐름을 바꾸어 놓는 중요한 역할을 하므로 캔들의 발생을, 개개 캔들의 탄생을 예의주시하여 살펴 보아야 하며 장대봉의 출현지점은 대부분 각도의 전환점이나 추세의 전환점 파동의 전환점이 되는 경우가 많다. 이처럼 중요한 캔들의 탄생시점이 중요한 변곡점의 위치가 될 확률이 많으므로 그런 위치의 지점이 올 때까지 기다림을 아끼지 말아야 하며, 그 지점에서 캔들의 완성도 기다릴 줄 알아야 한다.

일봉의 캔들을 기다린다면 일봉이 완성되는 하루를 기다려야 한다는 의미이며 60분봉을 기다린다면 60분봉의 완성을 기다릴 줄 아는 인내력이 있어야 한다. 캔들의 완성을 기다리는 이유는 명확한 기준을 잡기 위함이므로 반드시 캔들의 완성을 기다릴 줄 아는 지혜가 필요하다.

기준이 없이는 어떠한 것도 할 수 없다. 기준을 잡기 위한 방법으로 캔들의 완성을 기다려야 하는 것이다. 진행형 캔들에는 절대로 그 의미를 부여해서는 안 된다. 예를 들어서 30분봉에서 상승 장악형 캔들이 나타난다 하더라도 캔들의 마지막 완성의 지점 1분이나 2분을 남겨 두고 급락을 하여 상승형 캔들이 아니라 위꼬리가 긴 하락형 캔들로 만들 수 있으므로 진행형 캔들에는 어떠한 의미도 부여해서는 안 되며 반드시 캔들의 완성을 기다려야 한다.

캔들의 분석은 모든 분석 방법의 기본이며, 파동 추세 패턴 각도의 완성도 캔들의 완성에 있다. 캔들의 완성 없이는 그 어떤 파동 패턴 추세 각도를 완성할 수가 없으며, 지금까지 알려진 모든 추세 파동 등의 매매기법도, 수없이 많은 보조지표에 의한 매매법도 무용지물이 된다.

캔들은 모든 매매의 기본이 된다.

최소한 이것만이라도 암기하고 숙지하고 이해하자

상승형 캔들의 종류		하락형 캔들의 종류
(1) 상승장악형		(1) 하락장악형
(2) 상승잉태형	상호 반대의 의미	(2) 하락잉태형
(3) 관통형		(3) 흑운형
(4) 역망치형		(4) 유성형
(5) 샛별형	반드시 숙지하자	(5) 석별형
(6) 적삼병		(6) 흑삼병
(7) 망치형		(7) 교수형

캔들의 변화

   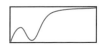

 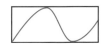 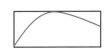 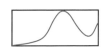

상승장악형

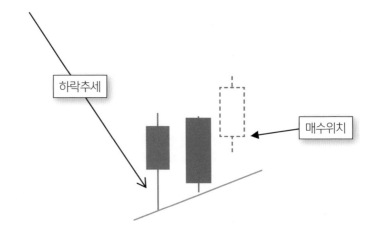

1. 하락 후의 상승 반전형 캔들의 신호이다.

2. 두 번째 캔들은 반드시 양봉이어야 한다.

3. 두 번째 양봉의 캔들이 첫 번째 음봉의 몸통을 완벽하게 덮어야 한다.

4. 예상되는 세 번째 캔들은 반드시 장대양봉의 50% 이상을 먹지 않아야 한다.

5. 두 개의 캔들 중 가장 긴 아래꼬리 부분이 지지선이다.

6. 예상되는 세 번째 캔들이 양봉을 만들 시 매수로 대응한다.

7. 캔들의 완성을 기다려라.

통상적으로 상승하기 위한 조건은 양봉의 캔들이 음봉의 캔들보다 아래꼬리
가 높은 형태가 상승의 조건으로서 적합하다.

하락장악형

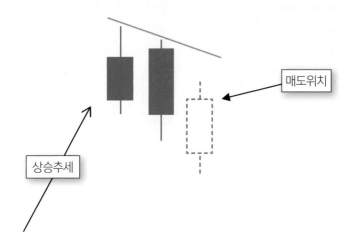

매도위치

상승추세

1. 상승 후 하락 반전형 캔들의 신호이다.

2. 두 번째 캔들은 반드시 음봉이어야 한다.

3. 두 번째 캔들이 첫 번째 양봉의 캔몸통을 완벽하게 덮어야 한다.

4. 예상되는 세 번째 캔들이 장대음봉의 50% 이상을 먹지 않아야 한다.

5. 두 개의 캔들 중 가장 긴 위꼬리 부분이 저항선이다.

6. 예상되는 세 번째 캔들이 음봉되는 순간을 매도로 대응한다.

7. 캔들의 완성을 기다려라.

  통상 하락하기 위한 조건은 양봉의 위꼬리보다 둘째봉 음봉의 위꼬리가 아래
에 있는 경우가 하락의 조건으로 적합하다.

교수형

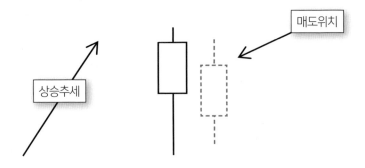

1. 망치형의 반대이다.

2. 색상은 중요치 않으나 거의 음봉이다.

3. 상당히 큰 폭의 상승 후 나타난다.

4. 위꼬리가 없거나 거의 없다.

5. 위꼬리 부분이 저항선이다.

6. 예상되는 두 번째 캔들이 음봉으로 전환 시 매도로 대응한다.

7. 캔들의 완성을 기다려라.

망치형

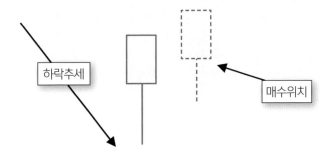

1. 색상 무관이나 양봉이 많다.

2. 하락의 마지막 단계에서 상승 반전의 신호이다.

3. 아래꼬리가 길고 몸통의 길이가 짧다.

4. 예상되는 두번째 캔들의 아래꼬리가 첫 번째 캔들의 아래꼬리 위에 있어야
   한다.

5. 예상되는 두 번째 캔들의 양봉 시점에서 확인 후 매수 대응한다.

6. 캔들의 완성을 기다려라.

관통형

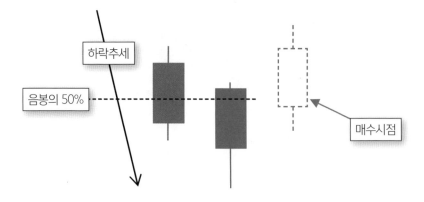

1. 흑운형과 반대되는 형태이다.
2. 첫 번째 음봉의 몸통 안으로 양봉이 형성될수록 상승반전이 일어날 확률이 높다.
3. 두 번째 캔들은 반드시 음봉 몸통의 50% 이상 오른 후 종가 마감하여야 한다.
4. 상승 각도술의 성공 확률이 가장 높다.
5. 예상되는 세 번째 캔들의 양봉 시점에서 매수 대응한다.
6. 캔들이 완성될 때까지 기다려라.

흑운형

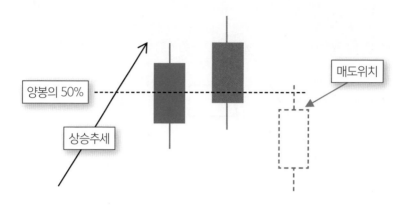

양봉의 50%

상승추세

매도위치

1. 첫번째 캔들 장대양봉이다.

2. 상승 추세의 마지막에 나타나는 하락 신호이다.

3. 두번째 음봉이 양봉의 50% 이상을 내린 후 종가 마감하여야 한다.

4. 하락 각도술의 성공 확률이 가장 높다.

5. 예상되는 세 번째 캔들의 음봉 전환시점이 매도 대응시점이다.

6. 캔들의 완성을 기다려라.

유성형

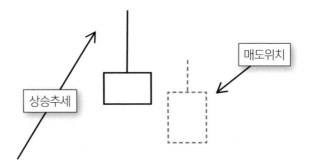

1. 상승 파동 후 하락 반전 신호이다.

2. 상승의 마지막에 출현한다.

3. 위꼬리가 길며 몸통의 크기가 작다.

4. 색상 무관이나 음봉이 많다.

5. 예상되는 두 번째 캔들의 음봉 전환 시 매도로 대응한다.

6. 캔들의 완성을 기다려라.

역망치형

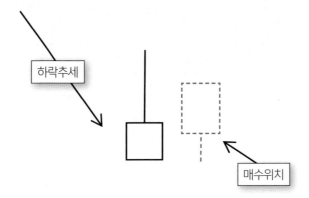

1. 하락 후 상승 반전 신호이다.

2. 위꼬리가 긴 편이며 아래꼬리가 거의 없다.

3. 몸통의 크기가 매우 작다.

4. 색상 무관이나 거의 양봉이 많다.

5. 예상되는 두 번째 캔들이 양봉전환 시 매수로 대응한다.

6. 캔들의 완성을 기다려라.

상승잉태형

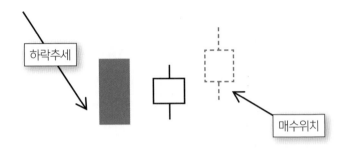

1. 첫 번째 캔들은 음봉이다.

2. 두 번째 캔들 색상 무관하나 거의 양봉이다.

3. 하락추세의 마지막에 나타난다.

4. 두 번째 캔들이 십자 도지일 때 상승십자 잉태형이라고도 한다.

5. 상승 각도술의 성공 확률이 매우 높다.

6. 예상되는 세 번째 캔들의 양봉 시 매수로 대응한다.

7. 캔들의 완성을 기다려라.

하락잉태형

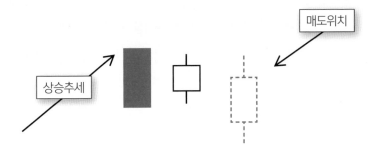

1. 첫 번째 캔들은 양봉이다.

2. 두 번째 캔들 색상 무관이지만 주로 음봉이다.

3. 상승 파동 이후에 하락 반전의 신호이다.

4. 두 번째 캔들이 도지로 나타날 경우에는 하락 십자 잉태형이라고도 한다.

5. 하락 각도술의 성공 확률이 매우 높다.

6. 예상되는 세번째 캔들의 음봉 시 매도로 대응한다.

7. 캔들의 완성을 기다린다.

대표적인 몇 가지의 캔들의 형태에 대해서만 서술하였다. 캔들의 형태에 대해 많은 서적들이 있으므로 좀 더 많은 연구와 심도 있는 공부를 하기 바란다. 위에 서술한 캔들의 형태에 대한 분석은 기본적으로 많이 나타나며 상승과 하락의 마지막에 나타나는 유형들이므로 꼭 숙지하기 바란다.

캔들의 분석 또한 기다림이란 것을 잊어서는 안된다. 캔들이 완전하게 마무리될 때까지의 기다림이 있어야 그 캔들을 중심으로 기준을 설정할 수 있으므로 캔들의 완성을 기다리는 것이야말로 모든 투자의 덕목이다. 모든 형태가 완성될 때까지의 기다림은 그 어떤 비법보다도 우선한다는 것을 잊지 말자.

캔들은 모든 투자 수단의 기초이며 기본이다. 기본을 망각한 채 투자를 할 수는 없는 것이다.

캔들은 모든 매매의 기본이다.

08

각 도

파 동

이동평균선 격파

백 전 백 승
각 개 격 파

실패와 성공의 원인 분석

추 세

패 턴

캔 들

이동평균선의 매매는
간단명료해야 한다

이동평균선에 의한 매매는 가장 많이 쓰이는 매매방법이다. 주가의 이동평균선이 상향이면 주가를 상승으로 판단하고 매수로 임하는 방법으로 많은 분들이 20일선의 이동 평균선을 기준으로 매매를 하고있다. 20일 동안의 평균주가가 20일 이동평균선 위에 있다면 이는 상승임이 분명하다.

주가가 20일 이동평균선만 올라 타면 주식을 매수하면 된다는 간단한 이론이다. 그런데 그 위에 30일이나 60일 이동평균선이 존재하고 있다면 이를 저항이라 생각한다. 따라서 60일 이동평균선이 20일 이동평균선 위에 있다면 이 부분에서 저항을 받고 밀린다는 이론이 성립이 된다. 그렇다면 20일 이동평균선을 주가가 올라 탔다고 매수를 해서 될 것인가 의문이 생긴다. 이런 생각을 하다 보면 언제 매수를 해야 할지 참으로 난감하고 어렵기만 하다.

기본적으로 이동평균선이 모두 주가의 아래에 위치한 지점이 오면 이를 골드라고 칭한다. 만약 20일 60일 120일 이동 평균선을 모두 주가가 올라 탔다면 주가는 이미 많은 폭으로 상승한 뒤라서 매수에 가담하기가 무척이나 위험하다는 판단을 하게 되고 따라서 무서워서 매수하지 못한 주가는 나날이 상승하는 기염을 토한다. 이때는 닭 쫓던 개 지붕만 쳐다본다는 심정으로 바라만 보고 있게 되며 진작에 매수할걸 하는 후회막급한 탄식이 절로 나온다.

그렇다면 언제 매수를 하여야 적절한 가격대에 매수를 한 것일까. 주식을 한다는 것은 참으로 험난하고 알 수 없는 미스터리다.

주식의 매수는 위치의 값에서 매수를 해야 한다는 것을 강조하고 싶다. 위치의 값이란 것은 특정 가격에서의 매수를 뜻하는 것이 아니라 주가의 위치 즉 캔들의 위치가 어디냐에 따라 이 주식을 매수하여야 하고 매도하여야 하는지를 판단한다는 것이다.이동평균선의 매매방법은 20일 혹은 60일 이동평균선을 기준으로 이 지점을 돌파한 뒤 상승을 예상하고 매수 가담을 한다. 이는 무엇을 뜻하는 것일까. 특정 주가의 가격을 말하는 것이 아니고 위치를 말하는 것이다. 보통 우리는 어떠한 주식을 얼마에 샀다고 말을 한다. 매수한 주가의 위치가 어디일까에 대해서는 말하지 않고 그 주식을 얼마에 매수를 했다고만 한다. 기업의 가치를 보아서 10만 원짜리 주식이 과연 비싼 것인지 혹은 저평가되어서 싼 것인지는 잘 알지 못한다.

여기서 이동 평균선의 매매기법을 생각하여 보자. 많이 올랐다고 하더라도 최소 60일 이동 평균선을 막 올라탔다면 이 주식은 아직 상승의 여력이 남아 있다고 판단한다. 그런데 60일 이동 평균선의 위에 주가가 있고 20일이나 30일 이동 평균선의 아래에 주가가 위치하고 있다면 이 주식을 앞으로의 지속적인 상승으로 판단을 할까 아니면 이제부터 하락으로 판단을 하여야 할까. 어찌해야 할지 참으로 난감한 일이다.

단순하게 이동 평균선이 주가 아래 위치해 있을 때 그 주가는 상승을 하고 이동 평균선 아래 주가가 위치하고 있을 때에는 하락을 한다고 한다. 분명 맞는 말이다. 60일 이동 평균선 위에 주가가 있다면 60일 이전에 매수에 가담한 사람은 모두가 수익이라는 말이고 30일 이동 평균선 아래에 주가가 위치하고 있다면 최근 30일 동안에 매수한 사람은 모두가 손실이란 말과 같은 말이다. 그렇다면 언제 매수를 해야 안정적으로 수익을 볼 수 있는 것일까. 60일 이동평균선을 지지해 줄 것이라고 강력하게 기대했는데 이를 하루아침에 무너트리고 하락으로 전환한다.

또한 60일 이동평균선의 아래 30일선 이동평균선이 있어서 이 지점을 지지해줄 것이란 기대감에서 60일 이동평균선이 무너지더라도 주식을 정리하지 않고 보유하고 있는데 이 지점도 무너트리며 하락을 한다. 손실의 폭이 너무 커서 이제는 될 대로 되라는 식과 언젠가 오르고 본전이 되면 매도하겠다는 자포자기식의 투자가 된다. 막연한 감만 가지고 매매에 임함으로써 하는 실수이며 많은 사람들이 겪는 실수이기도 하다.

실수를 하지 않고 주식을 매수해서 수익을 낼 수 있는 방법이 무엇인가. 우리가 할 수 있는 방법은 기다리는 매매이다.

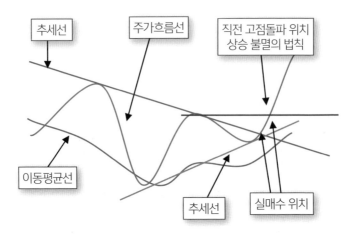

추세선 주가흐름선 직전 고점돌파 위치 상승 불멸의 법칙

이동평균선 추세선 실매수 위치

이동평균선과 주가와 추세의 관계

하락을 하면 어디까지 하락을 할 것인가를 기다려야 하고 상승을 하는 초입에 매수를 하지못하면 상승을 하는 중간 과정에서 매수에 가담하면 안된다. 여기에도 파동과 추세가 존재하므로 단순하게 이동평균선만 올라탔다고 해서 매수에 가담한다면 조정 파동이 발생할 때 많은 손실을 입고 가슴앓이를 하게 되며 본전만 오면 매도하겠다는 다짐을 하고 본전 값에 도달하면 매도를 하여 그 지점에서의 많은 공방전이 일어나는 곳이 되기도 한다. 그리하여 저항의 위치가 설정이 되고 지지의 위치가 설정된다.

많은 지점에서 이동평균선과 주가의 흐름과 추세선을 함께 분석하여 보는 습관을 기르자. 수많은 차트를 모두 뒤져서라도 이동평균선과 주가와의 관계와 추세와 파동의 관계를 함께 분석 연구하는 자세로 임해야 한다. 믿고 있던 이동평균선의 지지와 저항은 반드시 그 지점에서 이루어지지는 않는다. 중요한 것은 추세선과 이평선의 관계와 캔들의 관계도 살펴야 한다는 것이다. 따라서 이평선의 매매는 단지 이평선만 보고 지지와 저항을 다룰 문제가 아니라 추세와 파동과 캔들과 각도술 패턴 등 종합적인 것을 보고 판단해야 한다. 단순하게 이동평균선 하나만 볼 것이 아니라 추세와 패턴과 파동을 함께 보는 습관을 길러야 한다는 것이다.

　그것이 안된다면 단순한 이동 평균선의 매매를 생각해 보자. 60일 이동평균선 위에는 20일선 이동평균선도 있을 수 있고 기타 많은 이동평균선이 존재할 수도 있다. 또는 20일 등 기타의 이동 평균선들이 주가의 아래에 있을 수도 있다. 주가 아래에 모든 이동평균선이 있으면 정배열이고 위에 있으면 역배열이다. 정배열일 때 매수하고 역배열일 때는 매수에 가담하지 않는다고 한다. 정배열이 될 때까지 기다리란 의미이다. 그런데 정배열이 되기 위해서는 주가가 그야말로 부담스러운 위치까지 올라가 있다. 매수에 가담하자니 하락할까 두려워 고민하고 있는 사이 주가는 다시 한번 요동을 치며 상승 릴레이를 펼친다. 이에 안타까워할 뿐 어떻게 대처하지 못한다.

　여기서 진입의 기준이 애매모호하기 때문에 많은 주식을 놓치고 마는 것이다. 해외선물에서도 마찬가지의 결론을 얻을 수 있다.

　60일 이동평균선만 기억하자. 어떠한 이동평균선을 놓아도 관계 없다. 본인이 좋아하는 이동 평균선만 놓으면 된다. 그것이 자신만의 기준이요 원칙이다. 중요한 것은 기준을 어떻게 세우고 그 기준에 따라 매매를 하느냐는 것이다. 120일 이동평균선을 기준으로 삼아도 상관 없다. 내가 정한 이동평균선만 돌파하면 이유를 묻지도 따지지도 말고 매수에 가담한다. 우량주 몇 종목만을 골라서 내가 가장 좋다고 판단되는 이동평균선에 도달하면 매수하고 이탈하면 매도한다. 종가 기준으로 미리 설정하여 놓은 이동 평균선만 올라 타면 매매를 하는 아주 단순한 방법이다. 데이 트레이더는 분봉 혹은 틱차트로 보아야 하고 중장기 스윙 트레이더들은 일봉 혹은 주봉을 보아야 한다. 유동성이 심한 해외선물은 어떠한가. 두말할 나위 없이 정배열한 종목에서는 상승이므로 매수 가담하고 역배열한 종목에서는 매도로 가담해야 한다는 것은 누구나 다 아는 상식이다. 그 상식선에서 매수와 매도를 하는데 어째서 많은 사람들이 손실에 손실을 입고 이 시장을 쓸쓸하게 떠나야 하는가. 무언가 대단히 잘못된 방법이 아닌가 싶다. 이동평균선이 중요하다고 많이들 강조하고 그에 따른 매매방법이 수도 없이 많은데 어찌 주위에 돈 많이 벌었다는 사람은 없고 손실만 보았다는 사람만 많을까.

무언가 적용의 시점이라든가 적용의 방법이 잘못된 것이 아닌가 생각해 볼 필요성이 있다. 주식이나 선물이나 적용하는 방법은 똑같다. 차트 보는 방법은 어느 종목이나 다를 바가 없다는 것이다. 문제는 기준과 원칙이 결여되어 있다는 것이다. 매도와 매수의 기준은 무엇일까. 수익 보고 있는 사람들의 매도와 매수의 기준은 무엇이기에 엄청난 수익을 많이 내고 있는 것일까. 그랜빌의 법칙을 살펴보자. 다 알고 있는 상식인데 어느 시점에서 적용을 해야 할지 난감하고 또 난감할 뿐이다.

매매의 기준은 있지만 그 적용이 모호하다는 것이다. 기준이 골드 크로스와 데드 크로스다. 수많은 이동평균선이 주가 아래 있어야 골드이고 수많은 이동평균선이 주가 위에 있어야 데드 크로스이다. 옛말에 사공이 많으면 배가 산으로 올라간다는 말이 있다. 많은 사람들의 자기 주장이 강하면 방향을 잡지 못하고 엉뚱한 곳으로 간다는 의미일 것이다. 여기서 이동평균선이 많으면 어떻게 해야 할까? 혼돈의 세계이다. 어느 선에 맞춰서 기준을 잡아 매매를 할지 정말로 난감하다.

따라서 간단명료한 방법으로 그 해법을 찾으려 했다. 매번 모든 매매에서 수익을 낼 수는 없다. 기준을 정하고 그 기준에 따라 원칙을 정했으면 그 원칙과 기준에 따라 시행하면 된다.

간결한 이동평균선의 매매 방법은 60일 이동평균선 하나만 보는 방법도 있다. 모든 이동평균선의 지표를 버리고 단순히 60일 이동평균선만 올려 놓고 매매를 하면 기준이 간단하지 않은가. 즉, 60 이동 평균선 하나만 놓고 매매를 하면서 60 이동평균선을 상향 돌파하면 매수하고 60 이동평균선을 하향 이탈하면 매도하는 방식이다. 이렇게 원칙을 정하고 그에 따른 기준이 정해졌으면 그대로 시행하면 된다.

〈그림1〉　　　　　〈그림2〉　　　　　〈그림3〉

　단순히 이동평균선 하나만 보고 매매를 할 때 그림에서 볼 수 있듯이 이동평균선을 기준으로 어느 때에 매수해야 하는지를 말하고자 한다. 이동평균선에 최소한 캔들 몸통의 길이가 50% 이상이 올라타있거나 완벽하게 이동평균선을 올라타고 있을 때 매수한다. 그림3의 경우처럼 약간 걸쳐진 상태는 이동평균선을 완벽하게 올라 탔다고 할 수 없으므로 매수에 가담하기보다는 관망함으로써 완벽하게 이동 평균선에 오른 뒤에 매수해도 늦지않다. 문제는 이동평균선 위에 또 다른 이동평균선이 있을 경우는 어떻게 하느냐는 것이다. 가능하면 다른 단기 이동평균선이 캔들의 아래에 있으면 좋다. 하지만 여러 개의 이동평균선들의 눈치를 보느라고 아무런 결정을 하지 못하는 것보다는 단순하게 하나의 이동평균선을 이용하여 매매하는 것이 손쉽게 매수 혹은 매도할 수 있는 방법이다. 실제로 수많은 차트들을 띄워 놓고 다른 이동 평균선을 모두 지우고 60 이동평균선만 올리고 살펴보면 언제 매수했어야 하는지를 일목요연하게 알 수 있다. 이는 독자들이 자신의 차트에 이동평균선을 단 하나만 띄워놓고 해보기 바란다.

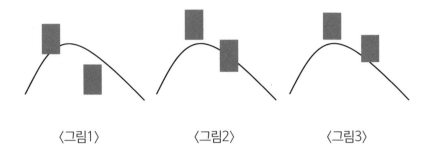

〈그림1〉   〈그림2〉   〈그림3〉

　상승과는 아주 반대의 개념으로 이동 평균선의 이탈을 생각하면 된다. 이동
평균선을 강하게 이탈한 그림1의 경우는 누가 봐도 이동평균선의 이탈이다.
그림2의 경우는 종가 저가형으로 무조건 이탈이다. 그림3의 경우는 이동평균
선을 지지해주고 다시 반등을 할지 아니면 다음의 캔들에서 완전한 이탈을 할
지 아무도 모르는 일이다. 이때의 매도 시점은 그림1과 그림2의 경우 완전한
매도 타임이다. 매도하지 못하는 또 한 가지의 이유는 지금의 현재 이동평균선
의 아래에 또 다른 이동평균선이 있을 때이다. 행여나 다음 이동평균선에서 지
지해주고 급등할까 하는 심정에서 매도 못하고 기다리고 있는데 이때의 전략
은 다시 상승하여 이동 평균선을 올라 타면 그때 다시 매수에 가담한다 하더라
도 리스크를 줄이기 위해서는 일단 매도하고 볼 일이다. 자신과의 기준을 만들
고 다시 그 원칙을 만들어 지키고자 했으면 그 다음에 폭등과 폭락을 하더라도
일단은 그 원칙에 입각한 행동을 해야 한다. 그 원칙과 기준이 무너지는 순간
아무것도 할 수 없다는 것을 너무나도 많이 느꼈을 것이다.
　이동평균선의 함정은, 너무나 많은 이동평균선을 관리하다 보니까 어느 시
점에서 매수를 해야 하고 어느 시점에서 매도를 해야 할지에 대한 기준 자체가
애매모호하다는 것이다. 매수하자니 위치의 값이 너무 올라있고 매도하자니
위치의 값이 너무 하락해 있어서 아무것도 못하는 상황이 빈번하고 또한 내가
매수하면 상투이고 내가 매도하면 치고 올라가는 경우를 자주 접하는 것이다.

이런 실수를 하지 않기 위해서는 반드시 나름대로의 기준과 원칙을 타당성 있게 정해 놓고 그에 맞게 행동함이 바람직하다. 나름대로의 노하우를 만들기 전까지는 한 가지 기준만 정하자는 것이다. 60 이동평균선을 놓고 60 이동평균선을 올라타면 매수하고 이탈하면 매도하는 방법이다. 원칙과 기준 없이 매매에 임하는 것보다는 많은 도움이 될 것이다.

이동평균선에서의 매수와 매도의 방법은 이동평균선에서 지지해줄 것인가 이탈할 것인가에 대한 관심이다. 이탈하면 매도하고 지지하면 매수해야 하는데 과연 그 지지점을 지켜주느냐 하는 것이 관건이다. 이때 등장하는 것이 바로 캔들의 완성이다. 이동평균선을 강하게 이탈하는 모습이면 추가적인 하락으로 이어지는 것이고 이 지점에서 강한 장대양봉이 나타나면 그 점을 지지해 주고 지금까지의 하락을 상승으로 변환시켜주는 역할을 한다. 단순히 이동평균선이 있기 때문에 이 지점을 기준으로 지지해 주고 상승할 것이란 판단은 삼가기 바란다. 이 지점은 단순히 이동평균선일 뿐 어떠한 의미를 부여해서는 안된다. 모든 이동평균선에 일단 의미를 부여하지 말고 그 지점에서의 지지와 저항이 왜 일어나는지에 대해서 논해야 한다.

엘리어트 파동이론에 의하면 상승 5파와 하락 3파가 있다. 이때 어떠한 이동평균선의 라인이 엘리어트 파동의 이론 중에 조정파인 2파에 해당하는 경우라면 충분히 이 지점을 지지해 주고 상승해 줄 것이라 기대할 수 있고 또한 이동평균선의 지점이 추세의 마지막 지점이라면 이 지점에서 지지를 하고 상승으로의 기대를 충분히 할 수 있지만 이 지점이 파동의 하락파에 해당하는 지점이나 추세의 중간지점이라 하면 이 지점은 지지를 해주기보다는 이동평균선을 이탈할 확률이 높다는 것이다. 때문에 단순히 이동평균선 하나만 놓고 모든 것을 분석하는 것보다는 그 지점의 추세와 파동과 패턴과 이동평균선의 관계를 함께 분석하는 것이 바람직하다는 결론이다. 이때 중요한 것이 바로 캔들의 완성임을 잊어서는 안된다. 어느 추세나 파동이나 패턴을 막론하고 그 결말에는 그에 해당하는 캔들이 분명히 존재함으로 인하여 지금까지의 추세와 반대 방향으로 움직이기 시작한다는 것을 다시 한번 강조하고 싶다. 그렇다면 이제까지의 이동 평균선에 의한 의미를 다시 한번 생각해보지 않을 수 없다. 새로운 의미로 받아 들여야 한다. 단순하게 이동평균선이 그곳에 있기 때문에 이 지점을 지켜 줄 것이란 막연한 생각을 이제부터는 접어야 한다.

그렇다면 이제부터의 이동평균선과 주가와의 관계를 어떻게 해석해야 하는가. 단순하게 60 이동평균선을 기준으로 매수와 매도를 하는 것은 기준과 원칙이 없는 것보다는 이러한 기준이 있는 것이 훨씬 더 성공할 확률이 높다는 것이다.

기준이 추가된 것이나 다름이 없다. 이동평균선을 여러 개 만들어서 그것이 골드가 나기를 기다리는 것보다는 추세와 패턴과 파동을 함께 보는 안목을 기르면 이 지점에서의 매수나 매도를 조금은 더 쉽게 접근할 수 있을 것이다. 또 다른 기준이 추가된다는 것은 참으로 귀찮은 일임에는 틀림이 없다. 그러나 아까운 내 종잣돈을 지키기 위해서는 이런 수고로움쯤이야 이겨내야 한다. 주가와 이동평균선의 단순한 관계에서 주가와 이동평균선과 파동과 추세 그리고 캔들을 함께 보는 안목을 길러야 한다는 것을 강조하는 것이다. 단순한 이동평균선의 의미는 이제 버려야한다.

이동평균선의 매매에서도 결론은 똑같다. 이동평균선을 지켜 주는지의 여부를 반드시 지켜보고 이에 대응해야 하며 이때는 반드시 이를 상징하는 캔들이 등장함을 잊지 말자.

모든 이동평균선을 삭제하고 단 하나 60일 이동 평균선을 놓고 보면 매도와 매수의 시기를 알 수 있다. 60일 이동평균선에서 지지해 주는 위치와 이탈하는 위치에 추세선과 파동과 패턴이 지나가는지를 볼 수 있는 안목을 기르고 저항과 지지의 위치에서 생성되는 캔들의 모형과 상승 불멸의 법칙과 하락 불멸의 법칙이 발생되는지를 잘 관찰하기 바란다.

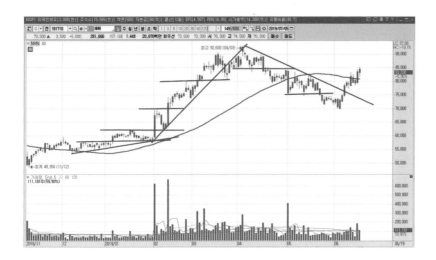

　위의 그림은 NHN의2018년 11월부터 2019년 06월까지의 일봉 차트를 나타낸 것으로 빨간색의 선은 60일 이동 평균선을 나타낸 차트이다. 60일 이동 평균선을 지켜주는 위치와 이탈하는 위치에서의 추세와 패턴 그리고 불멸의 법칙 등에 대하여 표시하였다. 60일 이동 평균선을 지지해 줄 것인지 이탈할 것인지 이미 추세에서 판명된 상태이다. 따라서 이동 평균선의 매매방법에 있어서는 추세와 파동과 패턴을 함께 보는 안목을 길러야 한다. 또한 단순한 60일 이동 평균선의 매매에 있어서도 파동과 추세를 함께 보는 안목을 기른다면 어디서 매수를 해야 하는지를 알 수 있을 것이다.

　이동 평균선의 매매는 간단 명료해야 한다.

09

각 도

파 동

신비의 술법
각 도 술
백 전 백 승
각 개 격 파
실패와 성공의 원인 분석

추 세

패 턴

캔 들

각도술은 각도선 하나에 파동과 추세와 패턴과
캔들의 분석이 담긴 과학적인 기법이다

신비의 술법 각도술은 _____

◆ 파괴적이고 혁신적이다.

◆ 단 한 번의 실패도 단연코 거부한다.

◆ 백전백승 최고의 기법이다.

◆ 기술적 분석의 새로운 역사이다.

◆ 간결하면서도 어렵지 않고 너무나도 쉽다.

◆ 지금까지의 매매 방법을 버려라.

◆ 누구나 따라할 수 있는 최고의 방법이다.

◆ 신비하리만큼 적중률이 높다.

◆ 지금까지의 그 어떤 매매법도 따라 오지 못한다.

◆ 추상적이지 않고 현실적이며 바로 적용이 가능하다.

◆ 어렵고 힘들고 속임수 많은 보조지표 이제는 버려라.

◆ 데이 트레이더와 스윙 트레이더의 최고의 매매기법이다.

◆ 차트가 존재하는 어떠한 종목도 적용된다.

◆ 해외 주식의 분석도 가상화폐의 분석도 이것 하나면 끝이다.

◆ 각도술은 각도선 하나에 파동과 추세와 패턴과 캔들의 분석이
담겨진 과학적인 기법이다.

각도술을 적용할 때 확인해야 할 사항

- ◆ 각도선의 기울기 (대략 30° 내외)
- ◆ 상승각도술
- ◆ 하락각도술
- ◆ 캔들의 갭상승
- ◆ 제2 기준봉의 색상
- ◆ 제2 기준봉의 위치
- ◆ 목적봉의 색상
- ◆ 목적봉의 위치
- ◆ 확률이 가장 좋은 캔들
- ◆ 적용해서는 안 될 각도술
- ◆ 보이지 않는 각도술
- ◆ 지속적인 상승과 지속적인 하락

각도술은 기본적으로 파동과 추세와 캔들분석을 근본으로 한다.

무엇을 하든 기준과 원칙이 있어야 한다. 주식이나 해외선물 혹은 그 어떠한 것을 매매를 할 때 무엇을 기준으로 매매를 할 것인가. 각도술은 그러한 기준에 충실하며 매매하는 방법이다. 제1 기준봉과 제2 기준봉이 각도술의 기준이 되는 것이다. 즉 기준봉들의 움직임에 따라 목적봉의 움직임을 예측함으로써 진입의 시점을 저울질한다는 것이다. 이러한 기준이 없으면 각도술은 어떠한 것을 기준으로 매매를 할 것인가에 대하여 결론을 내리지 못했을 것이다. 각도술의 기본은 각도선을 기준으로 좌변과 우변으로 나누었을 때 캔들의 위치에 따른 주가의 변화를 예측하는 것이다. 상승 각도술에서 캔들의 위치가 각도선의 좌변에 있다면 하락의 지속이며 캔들의 위치가 각도선의 우변에 위치하면 하락을 멈추고 상승으로 전환된다는 점을 의미한다. 하락 각도술에서는 상승 각도술과 반대의 의미를 가진다. 상승 도중 하락하기 위해서는 캔들이 각도선의 우측으로 이동해야지만 상승을 멈추고 하락으로 전환된다는 의미이다. 따라서 캔들이 어디에 속해 있느냐를 파악하면 어느 날 혹은 얼마 후 혹은 몇 분 후에 상승과 하락을 할 것이라는 것을 미리 예측할 수 있다. 즉 시간파와 같음을 알 수 있는 방법이기도 하다.

각도술은 급등락하는 종목에 주로 잘 적용이 되며 상승 후 하락 조정 뒤 재차 상승하는 엘리어트의 3차 파동을 잡아 내거나 2차 조정 파동의 저점의 위치를 예측할 수 있는 방법이기도 하다. 각도술은 분봉 일봉 주봉 월봉 연봉 어느 차트에 적용해도 그 결과가 마찬가지이다.

따라서 활용 여부에 따라 손실을 보지 않고 수익을 창출할 수 있는 기법이며 아주 간단한 작도법으로 누구나 한번만 보면 알 수 있는 주가 예측 방법이다. 각도술은 캔들을 볼 줄 알면 누구나 쉽게 접근이 용이한 방법이다. 오직 캔들 두 개만 있으면 다음의 캔들이 어떻게 형성이 될지 예측이 가능한 방법이므로 힘들고 어려운 주식시장과 해외선물시장에서 손쉽게 수익을 창출할 수 있는 기법이다. 함부로의 예측은 위험한 것이지만 그 확률이 뛰어나다면 예측의 힘을 믿고 행함이 좋을 것이다.

단 리스크에 관한 관리는 손절의 위치 값을 제시함으로써 리스크를 최소화할 수 있다. 각도술에서의 손절 위치는 캔들이 각도선 사변을 벗어나는 순간이 손절의 위치가 되며 이는 상승 각도술이나 하락 각도술에서 똑같이 적용된다.

각도의 기울기는 종목과 시간과 적용 캔들에 따라 다르며 그 각이 완만할수록 각도술이 성공활 확률이 높다. 대체적으로 성공할 확률이 높은 각도선의 각도는 30°의 근방이나 그렇다고 꼭 그 각도가 각도선의 기준이 되는 것은 아니다. 각도선은 추세선과 같은 맥락으로 볼 수 있으나 그렇다고 추세선으로 보기도 힘들다. 하지만 단기 추세의 전환과 단기 시세를 예측하는 데 효과가 뛰어나다. 각도선의 좌변 근처에 기준봉이 위치하고 연속되는 다음의 캔들인 목적봉이 각도선의 우변에 필연적으로 돌아가게 되면 그 시점에서의 목적으로 향하는 캔들 색상이 발생되는 지점을 공략하는 방법이다. 즉, 상승 각도술은 캔들이 각도선의 좌변에서 우변으로 캔들의 위치가 변동하는 순간의 양봉 전환 시 매수진입하는 기법이며 하락 각도술은 캔들이 각도선의 우측으로 어쩔 수 없이 필연적으로 오게 될 때 음봉으로 전환되는 순간 매도로 진입함으로써 수익을 내는 기법이다.

그러나 함부로 예측하면 안된다. 상승 각도술의 경우 각도선의 길이가 길고 목적봉의 위치가 각도선 사변의 중간쯤에 위치한다면 각도선의 끝부분까지 주가가 내려 와서는 더 이상 움직이지 않고 종가 저가형으로 그날의 주가가 마무리될 수 있기 때문에 당일의 수익을 보기 위해서는 틱차트에서 역헤드앤숄더형의 차트모양이 나타난 뒤 파동이 저점을 지켜주는 형상이 나오거나 상승 불멸의 법칙이 나타나는 모양을 확인 후 매수하는 것이 매우 바람직하다.

하락 각도술의 경우는 상승 각도술의 경우와 반대의 개념이므로 함부로 매도 진입하는 것은 매우 위험한 행동임을 유념하여야 하고 하락을 나타내는 패턴이나 그러한 유형의 차트를 확인하고 매도 진입하는 것이 바람직하다. 하락하는 주가가 상승으로 돌아서려면 각도선의 좌변에 있는 캔들이 각도선의 우변으로 돌아서야 한다. 각도술은 단기 시세에 적용하는 것이 좋다. 주로 분봉과 일봉에서 많이 활용하지만 때에 따라서는 주봉에서도 높은 적중률을 보이기도 한다.

각도술은 만병통치약이 아니다. 모든 차트에 적용할 수 있지만 그것이 모든 것을 가르쳐 줄 수는 없다. 따라서 파동 패턴 추세 캔들 등과도 접목해서 보아야 한다. 캔들의 위치가 각도선의 좌변에서 우변으로 변화되었다고 하더라도 이것이 바로 추세의 변경을 뜻하는 것은 아니다. 각도술은 현재 진행형의 목적봉에서 수익을 내는 구조이기 때문에 단순히 캔들이 각도선의 좌변에서 우변으로 캔들이 바뀌었다고 상승 추세로의 전환이나 하락 추세로의 전환을 의미하는 것은 아니다.

또한 기준봉과 목적봉과의 사이에서 목적봉의 위치가 어디에 있느냐 하는 것을 기준으로 수익을 내는 방법이므로 추세의 전환과는 관련이 없음을 밝혀 둔다. 하지만 때에 따라서는 강력한 추세의 변환점이 될 수도 있음도 이해하여야 한다. 각도술은 데이 트레이더에게 매우 적당한 기법이다. 예를 들어 30분봉에서 적용이 될지의 여부를 판단하기 애매한 경우에는 20분봉이나 25분봉, 혹은 15분봉 등을 확인하면 각도술의 적용이 되는 것을 볼 수 있으므로 하나의 분봉만을 고집하지 말고 그 하위의 분봉을 수시로 점검하면서 상위의 분봉에서 적합성 여부를 보는 것도 매우 좋은 방법이다.

그렇다면 각도선을 기준으로 왜 캔들의 위치가 좌변에서 우변으로 변하는지를 한번 살펴 보자. 캔들의 크기는 그야말로 아주 다양하다. 장대양봉도 있고 아주 짧은 단봉도 있으며 도지라 불리는 십자 형태도 있다. 알다시피 캔들의 크기는 아주 천차만별이다. 같은 일봉이라 할지라도 주가의 움직임에 따라 그 크기가 다양하므로 캔들의 크기를 보면 그날 그 종목의 주가가 얼마나 요동을 쳤는지도 알 수 있다. 캔들의 크기에 대하여 깊이 연구해 보신 분은 알겠지만 캔들의 크기가 짧은 형태는 주가의 움직임이 아주 미약하고 그 거래량도 미약하다는 결론이 나온다. 그렇다면 그러한 종류의 캔들이 연속해서 나온다면 그 주식은 임자 없는 주식이거나 관리의 대상이 없는 주식일 것이다. 이렇게 캔들의 크기가 작은 것에는 각도술의 적용이 어렵다.

장대봉이 나타난 캔들은 엄청나게 폭등을 했거나 폭락을 한 뒤일 것이다. 그 다음에 단봉이 나타났다는 것은 폭등이나 폭락의 진정세가 보인다는 의미이다. 치열한 전쟁이 그 다음의 캔들에서는 진정을 하고 있다는 것이다. 그 다음에 진정세를 취한 캔들의 다음에 목적봉이 각도선의 우측으로 돌아섰다면 지금까지와 반대 방향으로의 흐름을 예상하므로 그 시점에서 수익을 낸다는 이론이다. 이때의 제1 기준봉 위꼬리에서 제2 기준봉의 몸통 중앙 부근의 각도선을 그리면 다음의 캔들 즉 목적봉이 필연적으로 각도의 우변으로 오는 것을 볼 수 있다. 이때에 진입하여 수익을 보는 방법이 각도술의 기본이론이다. 또한 무릎에서 사서 어깨에서 팔라는 주식의 격언하고도 적합한 이론이다.

각도술은 각도선 하나에 파동과 추세와 패턴과 캔들의 분석이 담긴 과학적인 기법이다. 하지만 각도술은 만병통치약이 아니다. 원하는 방향으로의 캔들 색상이 나오면 그때 진입하여 수익을 내는 구조이다. 따라서 반드시 기다렸다가 백전백승을 한다는 각오로 매매를 해야 한다.

주식 시장뿐만 아니라 해외 선물시장에서도 각도술은 그 가치가 돋보이고 있다. 해외선물의 시장에서는 그날의 변동성 자체가 매우 크기 때문에 각도술의 적용이 매우 용이하며 그 각의 움직임에 따라 상승과 하락을 예측할 수 있어 상승과 하락 사이에서 많은 수익을 올릴 수 있다. 각도술의 주의점만 제대로 이해한다면 아주 유용하게 사용할 수 있는 방법임에 틀림이 없다. 각도술은 엘리어트 파동이론에서의 조정파인 상승 2파를 거친 후 상승 3파에 해당하는 지점을 공략하는 방법이기도 하지만 최저점에서 매수 진입하거나 최고점에서 매도 진입이 가능한 이론이기도 하다. 각도술은 일정 부분 상승한 후의 조정 상태에서 접근하는 것을 원칙으로 하며 일정 부분 상승 후 하락 조정을 보이는 시점에서 매수에 가담함으로써 수익을 극대화시킬 수 있는 방법이다.

각도술을 작도할 때 상승 각도술은 제1 기준봉의 위꼬리에서 제2 기준봉 위 몸통 중앙을 관통하는 형태로 각도선을 작도해야 하며 하락 각도술의 경우는 제1 기준봉의 아래꼬리에서 제2 기준봉의 몸통의 중앙을 관통하는 형태로 각도선을 작도한다.

각도술은 각도선의 기울기가 매우 중요하다. 그 기울기를 보면 각도술의 성공과 실패를 점칠 수 있을 정도다. 각도선의 기울기가 완만할수록 성공할 확률이 높다. 이는 목적봉과 각도선 사변 끝까지의 거리가 짧다는 것을 의미한다. 이럴 때 각도술의 성공 확률이 높다. 이러한 종류의 각도술만 찾으면 백전백승할 수 있을 것이다. 각도술의 손절 시점은 각도선 사변을 이탈할 때인데 각도선 사변까지의 길이가 짧으므로 손절의 폭 또한 작게 할 수 있다.

각도술은 상승은 상승을 부르고 하락은 하락을 부른다는 이론하에 진입의 시점에 대한 기준점을 찾기 위한 최적의 방법이다. 각도술의 적용이 가장 쉽고 그 확률이 높은 캔들은 상승 각도술의 경우는 관통형이며 하락 각도술의 경우는 흑운형이다. 각도술의 적용 시 이러한 유형의 캔들만 찾아 다니면 성공할 확률이 높을 것이다. 각도술은 목적봉 하나에서만 수익을 챙기는 방법이지만 목적봉이 다시 제2 기준봉으로 변할 시 다음에 예상되는 목적봉의 위치에 따라 보유하고 있는 가치를 처분해야 할지를 결정하는 기준이 되기도 하므로 다음으로 생성되는 목적봉의 위치도 면밀히 살펴 보아야 한다.

각도술은 만병통치약이 아니다. 목적봉에서 적용하려는 캔들의 색상이 나타난 뒤에 진입하는 것은 각도술의 가장 중요한 원칙이다. 각도술은 선 하나에 파동과 추세와 캔들과 패턴의 분석이 모두 함축되어있는 과학적인 분석 방법이다.

상승각도술 작도법

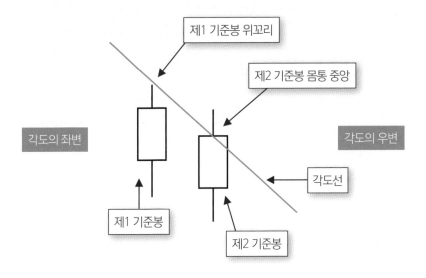

제1 기준봉 위꼬리

제2 기준봉 몸통 중앙

각도의 좌변

각도의 우변

각도선

제1 기준봉

제2 기준봉

하락각도술 작도법

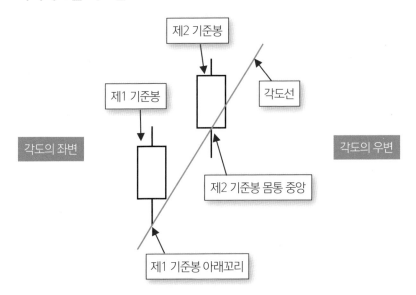

제2 기준봉

제1 기준봉

각도선

각도의 좌변

각도의 우변

제2 기준봉 몸통 중앙

제1 기준봉 아래꼬리

상승각도술

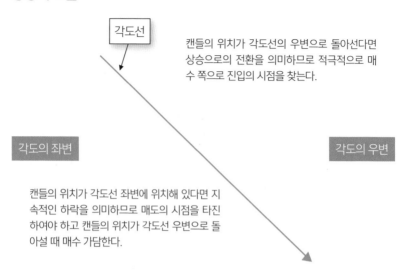

각도선

캔들의 위치가 각도선의 우변으로 돌아선다면 상승으로의 전환을 의미하므로 적극적으로 매수 쪽으로 진입의 시점을 찾는다.

각도의 좌변

각도의 우변

캔들의 위치가 각도선 좌변에 위치해 있다면 지속적인 하락을 의미하므로 매도의 시점을 타진하여야 하고 캔들의 위치가 각도선 우변으로 돌아설 때 매수 가담한다.

하락각도술

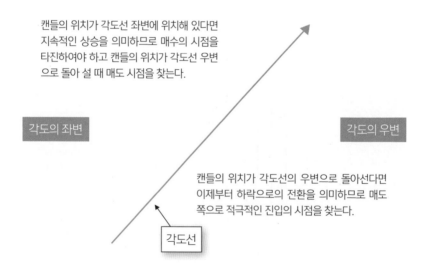

캔들의 위치가 각도선 좌변에 위치해 있다면 지속적인 상승을 의미하므로 매수의 시점을 타진하여야 하고 캔들의 위치가 각도선 우변으로 돌아 설 때 매도 시점을 찾는다.

각도의 좌변

각도의 우변

캔들의 위치가 각도선의 우변으로 돌아선다면 이제부터 하락으로의 전환을 의미하므로 매도 쪽으로 적극적인 진입의 시점을 찾는다.

각도선

캔들의 갭상승

주로 일봉에서 많이 나타난다. 전날의 주가가 급등하는 경우에 다음날 갭상
승을 하며 추가적인 상승을 꾀하지만 얼마 가지 않아 그 상승세는 꺾이고 각도
사변의 끝부분까지 밀리는 현상을 자주 볼 수 있다. 이러한 현상은 각도의 선
이 가파를수록 두드러지게 나타난다.

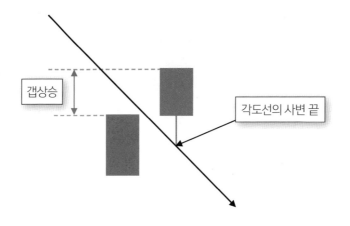

각도의 우변으로 들어서면서 갭상승으로 올라갈 경우는 각도의 사변까지 하
락할 위험성이 있으므로 갭상승 시의 매수 가담을 삼가야 한다.

일봉에서 주로 나타나는 형태이므로 눈여겨 보아야 한다. 각도선이 가파를수
록 목적봉의 시가가 높을수록 각도선의 사변 끝까지 밀리는 현상이 나타나므
로 주의하여야 한다. 이때의 매수 진입 시점은 시가를 기준으로 상승하는 모습
을 보일 때이며 시가 이탈 시는 각도선의 사변 끝까지 주가기 위치할 수 있으
므로 매수 가담은 삼가야 하고 혹여 매수 가담했다면 시가의 이탈 시는 손절 치
고 빠져 나와야 한다.

상승 각도술

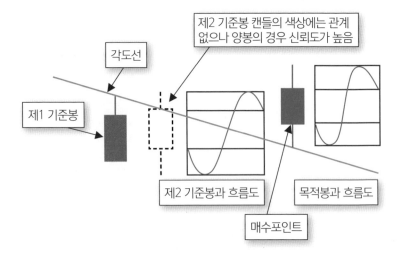

제2 기준봉 캔들의 색상에는 관계 없으나 양봉의 경우 신뢰도가 높음

각도선

제1 기준봉

제2 기준봉과 흐름도

목적봉과 흐름도

매수포인트

제2기준봉의 마지막 흐름이 아래로의 하락을 주고 있기 때문에 즉, 제2 기준봉의 형태가 위꼬리를 보여 주고 있기 때문에 목적봉의 초기는 하락으로 향할 확률이 높다. 이때 각도의 사변에 캔들이 이르렀다고 매수에 임하는 것보다는 단기 하락하다가 상승 쪽으로 양봉이 나타나는 양봉 초기에 매수함이 손실을 적게 하는 방법이다. 즉 완벽할 때 매수에 임한다.

제2의 기준봉의 색깔의 구분은 필요가 없으나 상승 각도술에서는 제2 기준봉이 양봉이면 그 확률이 높다. 따라서 음양의 봉을 찾는 것이 확률을 높이는 방법이다. 손절의 위치는 캔들이 각도선 사변을 이탈할 때이다.

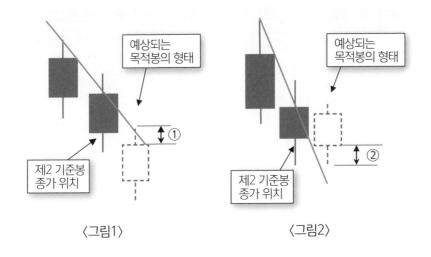

상단의 그림1처럼 제2 기준봉이 완성되었을 시 즉 목적봉이 각도선의 우변에 위치하지 못하는 경우가 발생하면 추가적인 하락을 할 수 있으므로 상승을 아직 기대하기 어렵다. 아직까지는 각도선의 좌변에 목적봉이 위치하므로 추가적인 하락을 예고하고있다. 제2 목적봉과 각도선을 보더라도 각도선의 우측에 목적봉이 오기는 어렵다.

그림2는 그림1과 비슷한 듯 해도 전혀 다른 그림이다. 즉 추가적인 하락을 나타내는 그림1은 제2 기준봉의 종가 위치가 각도선 좌측에 목적봉이 머무를 것을 암시하고 있으므로 추가적인 하락을 암시하고 있다. 이때의 접근 방법은 음봉 시 매도전략이 된다. 그림2는 목적봉의 위치가 각도선의 우측에 올 것을 암시하고 있으므로 이제까지의 하락을 멈추고 상승을 예고하고 있는 것이다. 무조건적인 매수가 아니라 양봉 시 매수 전략이 필요하다.

위의 그림1은 상승 각도술을 적용해서는 안되는 경우다. 각도선과 제2 목적봉과의 관계로 분명 추가적인 하락을 한다는 것을 한눈에 볼 수 있다. 이처럼 각도술은 각도를 작도하지 않아도 상승과 하락을 점칠 수 있다. 제2 기준봉과 목적봉이 위치할 장소만으로도 추가적인 상승과 하락을 읽을 수 있다.

그림1과 그림2에서의 ①과 ② 부분은 진입 후 이 부분을 이탈 시 손절을 쳐야 한다.

반복되는 이야기지만 예상되는 목적봉의 형태가 원하는 색상으로 변경될 때 진입을 해야 손실을 작게 볼 수 있다. 기존 캔들의 분석에서는 상승과 하락을 예측하기 어려웠는데 각도술에서는 예상되는 캔들의 형태가 분명하게 나타나므로 미리 준비할 수 있는 시간적 여유가 있으며 각도술의 완성을 나타낼 때에는 진입에 가담할 시기를 찾으면 된다.

상승 각도술에서 아래꼬리를 잡아서, 즉 음봉에서 잡아서 좀 더 많은 수익을 내려는 욕심을 버리고 확실하게 캔들의 색상이 빨간색으로 변하는 순간에 매수에 가담하여야 실패할 확률을 줄일 수 있다. 이때의 손절 라인은 최초에 생긴 꼬리를 이탈할 때이다. 하락 각도술에서는 상승 각도술의 반대의 경우이므로 반드시 음봉이 되는 시점에서 매도에 가담해야 실패할 확률을 줄일 수 있다.

상승 각도술에서 제2 기준봉이 음봉인 경우

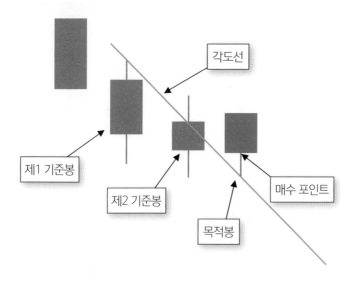

위의 그림에서 제2 기준봉에 주의해야 한다. 제2의 기준봉이 음봉인 경우 결과적으로 제2 기준봉 아래꼬리의 개념이 각도술의 좌변과 우변을 갈라 놓은 모형이 된다. 즉, 아래꼬리가 형성이 되지 않으면 각도의 좌변과 우변이 갈라지지 않고 추가적인 하락의 모습을 보여줄 수밖에 없다. 이때의 진입은 목적봉에서 양봉의 형태로 돌아설 때에 매수에 가담하여야 손실 없는 백전백승의 길이 된다. 목적봉의 아래꼬리가 각도의 라인을 벗어나면 추가적인 하락을 가져올 수 있으므로 주의해야 한다. 이때의 손절 라인은 각도선의 사변을 벗어나는 흐름이 나올 때이다. 제2 기준봉에서 아래꼬리가 없을 경우 제1 기준봉보다 제2 기준봉의 길이가 작을 경우에 해당한다. 이때 목적봉의 위치가 각도의 우변으로 변화될 수 있는데 진입의 시기는 양봉의 전환 시이다.

상승 각도술에서 제2 기준봉이 양봉인 경우

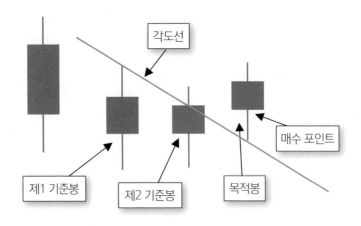

제1 기준봉과 제2 기준봉에서 아래꼬리를 만들고 제2 기준봉이 양봉으로 마감됐다면 이제 하락을 멈추고 상승으로 돌아갈 신호로 해석한다. 이때의 목적봉은 각도선을 그렸을 때 각도선의 사변까지 흘러내릴 수 있음을 감안해야 하며 목적봉이 양봉으로 전환 시에 매수 가담하여 실질적인 백전백승을 노린다. 각도의 사변에 닿았을 때 매수 가담하여도 무방하나 이때, 각도사변을 벗어나는 흐름이 나올 때는 추가적인 하락이 진행될 수 있으므로 주의해야 한다. 이러한 캔들이 형성되면 틱차트에서는 상승삼각형의 패턴을 만들고 있는 경우가 있으므로 틱차트와 병행해서 보는 것이 바람직하다. 관통형 캔들에서 주로 볼 수 있다.

하락각도술에서 제2기준봉이 음봉인 경우와 양봉인 경우의 관계는 상승각도술에서의 제2 기준봉이 음봉인 경우와 양봉인 경우를 반대로 생각하면 된다.

하락 각도술

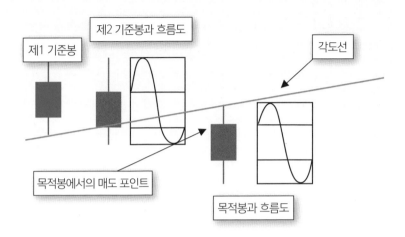

제1 기준봉

제2 기준봉과 흐름도

각도선

목적봉에서의 매도 포인트

목적봉과 흐름도

　제 2기준봉의 마지막 흐름이 상승으로의 흐름을 주고 있기 때문에 즉, 제2 기준봉이 아래꼬리를 만들었으므로 목적봉의 초기는 상승으로 향할 확률이 높다. 이때 각도의 사변에 주가가 이르렀다고 매도에 임하는 것보다는 단기 상승하다가 하락 쪽으로 음봉이 나타나는 음봉 초기에 매도함이 손실을 적게 하는 방법이다. 즉 완벽할 때 매도 진입함이 원칙이다.

　제2 기준봉에서 마지막 마감 캔들의 형태가 아래를 향하고 있으면 즉, 제2기준봉이 아래꼬리가 없으면 목적봉 자체에서 위꼬리가 없는 음봉이 발생될 수 있지만 그림처럼 아래꼬리가 위로 향하고 종가가 마감되었다면 다음 목적봉의 캔들은 위꼬리를 만들 수밖에 없음을 직시해야 한다. 이때의 매도 방법은 위꼬리의 양봉에서 매도 진입하는 방법보다는 양봉이 소멸되고 음봉으로 만들어줄 때에 매도로 진입한다.

　그리고 제2 기준봉이 음봉일 때 그 확률이 높으며, 반드시 틱차트를 병행해보면서 틱차트의 형태가 아래로 전환되는 것을 보고 매도에 임해야 한다. 하위 분봉의 차트를 동시에 보면서 각도술의 완성 여부를 파악하는 자세도 바람직하다.

　이러한 형태의 각도술은 차트가 존재하는 어떠한 종목에서도 적용이 가능하다. 이미 말했듯이 각도술은 일봉 주봉 분봉에서도 활용이 가능하며 주봉에서의 적용은 몇 주의 시간이 필요하므로 중장기 스윙 투자자에게 적합한 방법이지만 차트를 돌려서 다음주에 상승 각도술의 완성을 나타나는 형태가 있다면 바로 다음주 양봉되는 시점을 노리면 된다. 일봉의 캔들 형태상 다음날의 상승과 하락 혹은 조정의 위치까지 예측이 가능하므로 이에 대한 대비책 또한 필요로 한다. 데이 트레이더는 분봉에서 그 맥점을 찾아서 진입의 시간을 노리는 것이 가장 적절하다고 볼 수 있다. 또한 틱차트와 함께 보는 것이 무엇보다도 바람직한 투자의 자세다. 원하는 각도가 나올 때까지 기다림 또한 투자의 바른 자세이므로 원하는 형태의 각도가 출현될 때까지 절대로 어떠한 판단을 해서는 안된다. 각도의 속임수를 피해가는 지혜 또한 필요하다.

　보이지 않는 각도를 억지로 만들어 작도하지 말고 자연에 순응하듯 나타나는 각도만을 작도하여 수익을 극대화해야 한다.

　각도술의 마지막은 기다림의 미학이며 이는 파동과 추세 패턴 캔들의 아우름이므로 제대로 된 이해를 하지 않으면 각도술을 제대로 할 수 없음을 깊이 통찰하여야 한다. 누차 말하지만 각도술이 만병통치약은 아니므로 반드시 패턴과 추세와 파동 그리고 캔들과 함께 보아야 한다.

　이 또한 기다림이 아니면 이루어질 수 없으므로 기다림이야말로 최고의 투자 덕목이다. 각도가 완성될 때까지 제1 기준봉 제2 기준봉이 완성되고 그때의 형상이 내가 좋아하는 예쁜 모형이 될 때까지 기다림이야말로 최고의 각도술이다. 제2 기준봉의 완성을 기다리지 못하고 매수건 매도건 진입하는 것은 기준과 원칙을 어기는 행위이므로 반드시 그에 대한 대가를 지불하게 될 것이다. 각도술은 기다림이다.

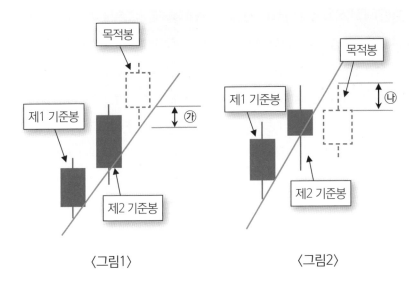

〈그림1〉   〈그림2〉

　그림1에서 제2 기준봉의 완성에서 목적봉이 각도선의 좌측에 위치할 수밖에 없으므로 이러한 형태는 추가로 상승할 수 있는 여력을 아직 가지고 있다고 봐야 하며 이때의 전략은 다음 봉이 양봉으로 되는 순간에 매수로 진입하는 것이다. 조금의 수익을 더 보려고 목적봉의 음봉에서 매수 진입하는 것은 무척이나 위험한 짓이다. 조금 작게 수익을 보더라도 반드시 양봉의 형성 시에만 매수 가담 해야 하는 원칙을 지키기 바란다.

　그림2는 그림1과 같은 듯해도 분명한 차이가 있다. 제2기준봉의 완성에서 차이를 보여주고 있다. 그림1은 각도선의 좌변에 목적봉이 있을 예정이므로 추가적인 상승을 예고하고 있고 그림2의 경우는 목적봉이 각도선의 우변으로 바뀔 예정이므로 하락을 예고하고 있다. 그림2에서는 상승을 다한 모습이어서 다음 목적봉에서 음봉을 기대하여야 한다.

　누차 말하지만 각도술은 만병 통치약이 아니다. 내가 원하는 방향으로 캔들 색깔이 형성될 때 진입해야 한다는 것을 명심해야 한다. 무조건적인 진입은 계좌의 손실만 초래할 뿐이다.

그림1에서 목적봉의 아래꼬리는 매수해선 절대로 안되는 위치이다. 각도술이 아무리 그 정확성이 높다 해도 무조건적으로 다 맞는 것은 아니다. 따라서 추가적인 상승을 예측할 수는 있으나 어떠한 변수에 의해 하락으로 갈 수 있으므로 반드시 캔들의 색상이 양봉으로 변할 때 매수가담해야 하며 하락 전환 시 최초 생긴 아래꼬리만큼의 손절은 필수이다. 그림2도 마찬가지다. 각도선의 우변으로 캔들이 왔다고 해서 반드시 하락으로 이어지는 것은 아니다. 따라서 이때 매도는 반드시 하락으로의 전환을 확인하는 음봉이 되는 순간에 진입해야 함을 잊어서는 안된다. ㉮와 ㉯는 최초로 만들어진 아래꼬리 혹은 위꼬리이므로 목적으로 하는 방향에 반대로 진행하면 반드시 이러한 위치에서 손절을 하고 나와야 한다. 손절의 위치 값을 제시한 것이다.

진입의 보류

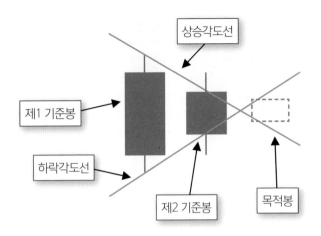

상승각도선

제1 기준봉

하락각도선

제2 기준봉

목적봉

　그림과 같이 캔들이 잉태형일 경우에는 그 방향성이 확인될 때까지 어떠한 행동도 취해서는 안 된다. 상승과 하락의 각도선을 그었을 때 목적봉이 그 사이에 끼어 있을 경우는 아직 목적봉의 방향성이 정해진 것이 아니다. 목적봉의 방향이 정해진 뒤에 진입을 시도해도 결코 늦지 않다.

　이러한 경우가 종종 나타나는데 이럴 경우는 각도술에 위배되므로 다음 각도술이 완벽하게 나타날 때까지 지켜보도록 한다. 각도술은 만병통치약이 아니다. 원하는 각도가 나올 때까지 기다림 또한 각도술의 묘미이다. 어느 쪽으로든 방향성이 나타나야 하지만 그 방향성이 나타나지 않았으므로 이러한 경우에는 어떠한 액션도 취해서는 안된다. 방향성이 완벽한 경우에만 행동을 취해야 한다. 이러한 경우에는 현재의 목적봉이 시간이 지나면 제2 기준봉으로 변하게 되며 이때의 각도변화에 따라 진입 여부를 판단해도 결코 늦지 않다.

지속적인 하락과 지속적인 상승

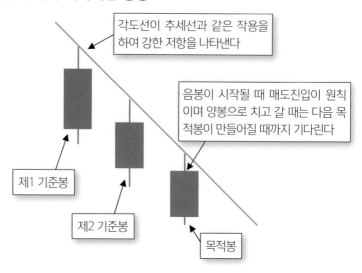

각도선이 추세선과 같은 작용을 하여 강한 저항을 나타낸다

음봉이 시작될 때 매도진입이 원칙이며 양봉으로 치고 갈 때는 다음 목적봉이 만들어질 때까지 기다린다

제1 기준봉

제2 기준봉

목적봉

매매를 하다 보면 지속적인 상승과 지속적인 하락을 하는 경우가 종종 있다. 이럴 경우에 대비하여 지속적인 상승과 지속적인 하락을 하는 경우의 대처방법에 대하여 설명하고자 한다. 이는 위에서 눌러 주는 형태이므로 누구나 쉽게 볼 수 있고 누구나 쉽게 접근할 수 있는 방법이므로 캔들의 형태를 눈여겨 보면 쉽게 찾아낼 수 있다. 어느 형태의 캔들이건 이런 모습이 나타날 때에는 누름의 형식이므로 대처가 쉬울 것으로 판단되나 이때의 손절 포인트는 다름없이 각도의 사변을 이탈할 때이다. 특징은 각도선의 사변까지 올라온 뒤 그 선에서 눌러서 더 이상 상승하지 못하는 형태이다. 일종의 추세선과 같은 저항선의 눌림과 같은 맥락이다.

가끔은 목적봉이 크게 눌리는 모습을 자주 볼 수 있다. 하락 시나 상승 시나 동일하게 적용하면 된다. 각도선을 그리면 목적봉이 각도의 좌변에서 우변으로 도저히 변경될 수 없는 경우가 이에 해당한다.

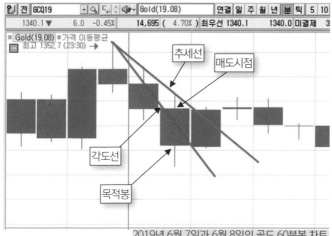

2019년 6월 7일과 6월 8일의 골드 60분봉 차트

위의 그림을 보면 각도선을 작도하였을 때 목적봉이 도저히 각도선의 우변으로 돌아올 수 없는 위치이므로 추가적인 하락을 예상할 수밖에 없는 위치이다. 따라서 이때의 매도 포인트는 목적봉이 음봉으로 되는 순간이다.

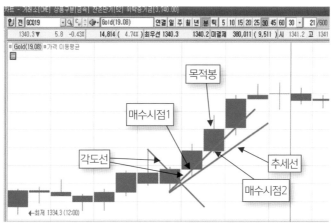

2019년 6월 6일 골드 30분봉 차트

매수시점 1의 경우는 상승 각도술을 적용하는 시점이고 매수시점 2는 하락 각도술을 적용하려 해도 각도선에서의 목적봉의 위치가 도저히 각도선 우변으로 돌아갈 수 없는 위치이므로 추가적인 상승을 예상할 수 있고 이때의 매수 포인트는 목적봉이 양봉일 시점이다.

보이지 않는 각도술

  각도술의 적용 시 각도선의 기울기가 너무나 가파르거나 혹은 너무 완만 하여 각도술의 적용이 조금 애매할 경우가 있다. 이럴 때는 적용하고자 하는 기본의 캔들의 시간을 당기거나 줄여서 각도선의 기울기를 조정하여 보는 방법도 있다. 예를 들어서 30분봉에서 각도선의 기울기가 애매 하거나 안 보일 때는 25분봉, 20분봉 혹은 15분봉 등을 보면서 각도선의 기울기를 최적화시켜서 보는 방법도 있다.

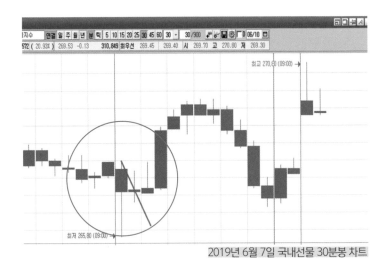

2019년 6월 7일 국내선물 30분봉 차트

〈그림1〉

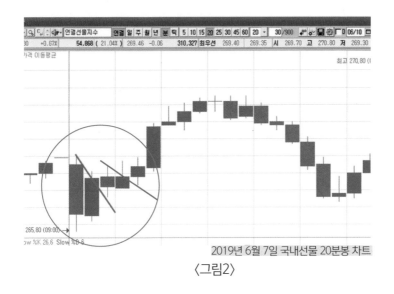

2019년 6월 7일 국내선물 20분봉 차트

〈그림2〉

그림1은 30분봉 차트이다. 각도술을 적용할 시 애매한 경우가 있지만 같은 날의 20분봉 차트 그림2는 각도술의 적용을 아주 잘 할 수 있는 예이다. 이처럼 각도술의 적용이 애매할 경우에는 캔들의 적용을 바꾸어 보는 방법도 좋다. 각도선의 기울기가 가파를 경우에는 각도술을 적용하려 애쓰지 말고 각도선의 기울기가 완만해질 때까지 기다리는 것도 좋은 방법이다.

각도술의 성공을 위해 반드시 필요한 조건

　제1 기준봉과 제2 기준봉의 상호작용에 있어서 제1 기준봉은 어떠한 형태의 흐름이 있더라도 기준 그 자체로서의 기능을 가지고 있으나 제2 기준봉의 경우는 다르다. 제2 기준봉의 흐름은 반드시 꼬리 혹은 그것에 준하는 형태의 흐름이 나타나야만 목적봉의 흐름에 영향을 미쳐서 목적봉이 각도선의 반대편으로 향할 수 있다. 제2 기준봉이 꼬리가 어느 정도 길고 제1 기준봉보다 현저하게 그 몸통이 작을 때에는 목적봉이 각도선의 반대편으로 갈 수 있는 확률이 높으므로 목적봉에서의 수익을 기대할 수 있다. 만약 제2 기준봉이 원하는 흐름이 아닐 경우는 그러한 흐름이 나올 때만을 기다려야 한다. 각도의 완성 즉, 제2 기준봉의 위치에 의하여 목적봉인 캔들이 각도선의 우측에 들었는지의 여부를 판단하여야만 하고 목적봉의 캔들이 각도선의 우측에 들지 않았으면 현재의 진행이 지속적일 거라 판단해야 한다. 목적봉이 각도선의 우측 안에 들었을 때가 비로소 반대의 방향으로 이루어지려는 징조이다. 30분봉 혹은 어떠한 분봉으로서 혹은 일봉으로서의 각도술을 적용하려면 반드시 그 하위 단위의 차트를 띄워서 꼬리의 현상을 확인하고 진입 여부를 결정하여야 한다. 또한 각도술의 완성을 보기 위해서는 현재 매매하기 위한 주 차트보다 하위 차트를 띄워서 각도술의 완성을 확인하는 것도 바람직한 일이다.

각도술이 성공하기 위한 조건

◆ 각도선의 기울기가 급하지 않을 것 (대략 30° 내외)

◆ 목적봉이 각도선 우측으로 올 수 있을 것

◆ 제2 기준봉이 제1기준봉보다 몸통의 크기가 작을 것

◆ 상승 각도술에서 제2 기준봉의 색상은 무관이나 가능한 빨간색일 것

◆ 상승 각도술에서 제2 기준봉의 아래꼬리가 길거나 망치형일 것

◆ 상승 각도술은 제1 기준봉과 제2 기준봉과의 관계가 관통형 혹은 상승 장악형일 것

◆ 하락 각도술에서 제2 기준봉의 색상은 무관이나 가능한 파란색일 것

◆ 하락 각도술은 제1 기준봉과 제2 기준봉과의 관계가 흑운형 혹은 하락 장악형일 것

◆ 하락 각도술에서 제2 기준봉의 위꼬리가 길거나 유성형일 것

하락 각도술과 상승 각도술의 구분법

상승과 하락에 있어 어떤 경우에 상승 각도술을 적용하고 어떤 경우에 하락 도술을 적용하느냐 하는 것은 매우 중요한 문제이다. 각도술은 각도의 좌변과 우변에 목적봉이 위치하고 있을 때 그 방향성이 바뀐다고 했다. 그 각도가 일정 각도를 유지하지 않고 종류마다의 위치 값이 다르며 천차만별이기에 일정 각을 적용할 수 없다. 때문에 어떤 때에 상승 각도술 혹은 하락 각도술을 적용해야 할지 고민하게 된다.

이는 제1 기준봉과 제2 기준봉의 선을 그어서 목적봉의 위치가 각도선의 사변 부근에 가까운 쪽을 택하면 된다. 상승 각도술을 적용할지 하락 각도술을 적용할지 아주 애매한 경우가 있다. 이럴 때는 두 가지의 각도선을 모두 그려서 그 각도선의 기울기가 완만한 쪽으로 흐름이 이어질 확률이 높으므로 일괄되게 한쪽의 흐름만 보지 말고 각도의 기울기가 작은 쪽의 방향을 보고 그 방향으로 향하는 캔들의 색깔이 나타날 때 진입을 모색하여야 하며 이때 손절의 위치 값은 반대 각도선을 이탈할 때이다. 음봉으로 하락하던 주가가 하락을 멈추고 상승하기 위해서는 목적봉이 각도선의 우변에 위치하여야만 한다. 반대로 상승을 연속하던 주가가 하락을 하기 위해서는 목적봉이 각도선의 우측에 위치하고 있어야 한다. 상승 각도술이건 하락 각도술이건 제2 기준봉의 색깔은 그리 중요하지 않다. 하지만 확률상 상승 각도술은 제2 기준봉이 양봉일 때 하락 각도술은 음봉일 때 그 확률이 높음을 인지하여야 한다.

선을 그어서 목적봉이 각도의 우변에 위치하여야만 상승하던 주가는 하락으로 전환을 시작하고 하락하던 주가는 상승으로 전환한다는 각도술의 이론을 다시 한번 깊이 새기기를 바란다. 목적봉의 위치가 각도선의 우측으로 이동했다고 해서 무조건 진입하는 것이 아니라는 걸 이제는 잘 알고 있을 것이다.

일봉 주봉 월봉 연봉을 보더라도 혹은 분봉을 보더라도 이러한 현상이 많이 일어나는 것을 볼 수 있다. 이러한 각도술을 많이 연습하여 그 특징적인 것이 많이 발견되는 종목을 찾아 매매하고 그 원칙에 입각한 손절과 익절을 한다면 엄청난 수익을 누릴 수 있을 것이다. 만약 손절의 값을 정하지않고 각도술에 의존한다면 뼈아픈 결과를 초래하게 될 것이다. 아래의 그림은 상승 각도술과 하락 각도술과의 차이를 나타낸 것이다. 잘 살펴 보기 바란다.

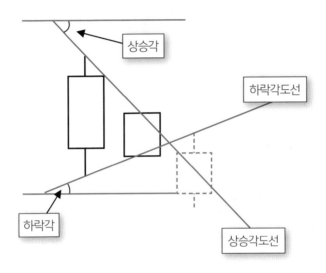

상승 각도술의 기울기가 하락 각도술의 기울기보다 크므로 앞으로 진행이 예상되는 방향은 하락이다. 이때 진입 시 유의해야 할 점은 반드시 음봉으로의 확인을 한 후에 진입을 시도하여야 한다.

각도술의 적용 예

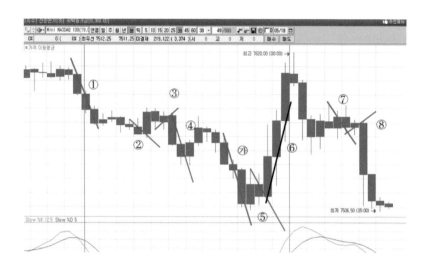

위의 그림은 실제로 나스닥의 2019년 5월 17일과 18일의 30분봉을 캡쳐한 것이다. 여기서 볼 수 있듯이 상승과 하락을 몇 번이나 반복함으로써 수익을 많이 안겨다 주고 있다. 각도술의 진정한 의미를 파악하고 그 위치의 값이 올 때까지 기다리는 인내력이 있으면 누구나 쉽게 수익을 올릴 수 있다는 결론이다. 나스닥의 차트뿐만 아니라 현존하는 어떠한 차트에도 각도술을 접목할 수 있는 것이다. 주식의 차트뿐만 아니라 선물시장의 어떠한 종류의 차트에서도 각도술은 적용될 수 있다.

위의 그림에서 ①번의 해석은 제2 기준봉의 종가 형성이 각도의 좌변에 위치하고 있기 때문에 목적봉에서는 추가적으로 하락함을 보여 주었고 ②번의 경우에는 아래꼬리가 없는 캔들의 제2 기준봉임에도 불구하고 각도선의 우변에 목적봉이 위치할 수 있을 것이란 예측이 가능해졌고 상승각도술을 완성했다. ③번의 경우도 하락 각도술인데 음봉 다음 양봉이 거듭해서 나타나는 혼조를 보이다가 하락 각도술의 적용을 시키고 급락을 하는 모습을 보여줬다. ④의 경우도 마찬가지로 급락한 음봉이 연속으로 두 개가 형성되고 추가적인 하락을 예상함에도 불구하고 제2 기준봉의 마무리가 된 위치가 목적봉이 각도선의 우변으로 갈 수밖에 없는 위치로 몰아 넣은 후 다시 상승으로 향하는 모습을 보여 주고 있다. ⑤ 경우를 보자. 장대음봉 후 캔들의 형태로서는 관통형을 만들면서 상승을 예고했지만 작은 음봉을 만들면서 또 다시 하락을 하는 속임수를 보여준 뒤 목적봉을 각도의 우변으로 몰아 넣은 후 각도술을 완성하고는 급등하는 보습을 보여 주고 있다. ⑥의 경우는 제2 기준봉과 목적봉의 위치가 아직 각도의 우변으로 오지 않았으므로 상승을 기대하게 했고 결국 커다란 아래 꼬리를 만들고는 상승 쪽으로 흐름을 유지하는 것을 볼 수 있다. ⑦의 경우는 각도술의 완성 후 상승으로 향하는 흐름을 보여준 뒤 하락 후 음봉으로 마감하는 모습이다. 어찌되었건 각도술의 완성 후 상승으로 올랐다가 하락하는 모습이므로 욕심만 부리지 않는다면 일정 수익을 챙길 수 있는 모습이다. ⑧의 경우도 마찬가지로 각도선의 우변으로 목적봉을 몰아 넣은 뒤 하락 각도술을 완성했다. 그 후 급락하는 모습이 보이므로 커다란 수익을 볼 수 있다.

어떠한 종류 혹은 종목의 차트를 보더라도 30분봉 혹은 그 하위 캔들에서 하루에도 여러 번의 각도술이 적용되므로 이를 적절히 이용한다면 하루에도 많은 수익을 볼 수 있다는 결론이 나온다. 문제는 이러한 위치의 값이 올 때까지 기다릴 수 있는 인내력이 필요하다는 것이다. 한쪽 방향만 보지 말고 양방향 모두를 보면서 유기적인 대응을 하면 엄청나게 수익을 올릴 수 있다. ㉠의 경우는 실패한 각도술이다. 여러 차례 반복되는 이야기이지만 각도술이 만병통치약은 아니다. 각도의 우변에 목적봉이 있다고 해서 반드시 상승이나 하락으로 이어지진 않는다는 것이다. 제2의 기준봉이 완성된 후 목적봉은 각도의 우변으로 올 수밖에 없는 위치가 되어서 상승해야 정답임에도 깊은 하락을 하는 모습이다.

이는 다음에 이야기하는 각도술의 실패에서 논하기로 하자. ㉠에서 지금 알아 둘 것은 각도선의 사변 위치가 주가의 위치까지 너무 먼 위치를 가지고 있다는 것을 기억하고 왜 하락으로 이어졌는지에 대하여는 각도술의 실패에서 다루기로 하자. 분명한 것은 내가 원하는 방향으로의 캔들의 색깔이 형성된 뒤에 진입의 여부를 결정해야 한다는 것이다.

각도술은 분봉 일봉 주봉 월봉 심지어 연봉까지도 적용이 가능하다 했으며 요즘 핫하게 떠오르는 가상 화폐까지도 적용이 가능한 기법이다. 차트가 존재하는 어떠한 종목이든 각도술을 적용하기에 손색이 없다. 이는 매수와 매도를 함에 있어서 그 기준이 존재하기 때문이다.

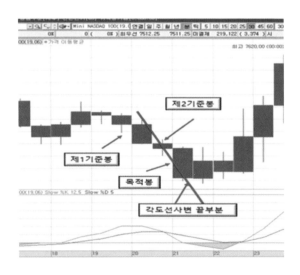

각도술은 만병 통치약이 아니다. 각도선의 좌변에 캔들이 왔다고 해서 반드시 그의 흐름이 반대로 이어지지 않는다는 것을 명심하여야 한다. 때문에 몇 번을 반복해서 말하는 것은 목적으로 하는 방향의 캔들 봉의 색상이 발생될 때에 진입함을 원칙으로 해야 한다는 것이다. 즉 각도선의 좌변에 캔들이 위치해 있음에도 불구하고 원하는 상승이나 하락이 나타나지 않는 경우를 종종 볼 수 있기 때문에 우리는 이러한 실패를 피하고자 한다. 이러한 실패의 경우도 명확한 위치의 값에서 나타나곤 하므로 그다지 어려운 것은 아니다. 위에서 말한 실패한 위치가 어디였는지를 상기하여 보자. 위의 그림은 실제로 나스닥의

2019년 5월 17일과 18일의 30분봉을 캡쳐한 것으로 종전 그림에서의 ㉮의 부분을 다시 캡쳐한 것이다. 제1 기준봉과 제2 기준봉 다음에 수익을 안겨다 줄 목적봉의 위치가 각도의 우변에 안착함으로써 이 변에서는 상승을 요구하는 양봉이 나와야만 상승 각도술이 완성되는 것이다. 그런데 상승이 나오질 않고 깊은 하락이 나온 것이다. 어디까지 밀려 내려 갔느냐 하면 각도사변 맨 아래까지 흘러 갔음을 볼 수 있다. 이처럼 각도술의 실패는 엄청난 손실을 유발할 수 있으므로 반드시 원하는 각도의 캔들이 나올 때까지 그 흐름을 지켜보다가 원하는 캔들의 색상이 나타나면 그때 원하는 방향으로의 진입을 모색해야 한다. 반드시 지켜야 할 철칙임을 잊어서는 안된다. 위의 그림에서의 각도술의 실패는 각도선의 사변길이와 목적봉의 위치까지의 길이가 길기 때문에 예고된 실패이다. 이처럼 각도술의 실패도 사전 예고로 알 수 있다. 각도술 적용 시 반드시 목적으로 향하는 캔들의 색상이 같을 때 진입을 해야만 손실을 피할 수 있다.

실패하는 각도술의 경우는 대부분 각도선의 기울기가 가파를 때이므로 이 부분에 대하여 면밀한 관찰을 필요로 하고있다. 각도술의 성공은 각도선의 기울기가 완만할 때이므로 이 점 잘 관찰하여야 한다.

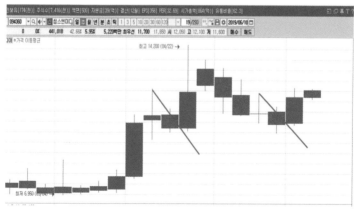

칩스앤미디어 2019년 4월 셋째주와 6월 첫주 주봉

각도선의 기울기가 완만하다는 것은 제2 기준봉의 역할이 충분히 상승 혹은 하락할 수 있는 위치까지 캔들을 만들어 주었다는 의미이다.

위의 그림은 칩스앤미디어의 주봉 차트의 모습이다.

주봉에서도 두 번씩이나 정확한 각도술을 이야기하며 멋지게 상승하는 모습을 보여줬다. 각도술은 일봉이든 주봉이든 차트로 분석하는 어떠한 종류의 분석도 가능하다. 각도선의 기울기에 따라서 언제쯤 상승을 하겠다는 것이 나오며 혹은 캔들의 위치가 각도선 좌변에 머물러있다면 아직은 상승하지 못할 것이란 것을 미리 예측할 수 있기 때문에 매수의 시점도 알 수 있는 기법이다.

상승 각도술의 실패

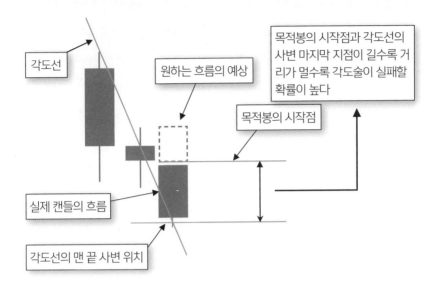

각도선

원하는 흐름의 예상

목적봉의 시작점과 각도선의 사변 마지막 지점이 길수록 거리가 멀수록 각도술이 실패할 확률이 높다

목적봉의 시작점

실제 캔들의 흐름

각도선의 맨 끝 사변 위치

    제1 기준봉과 제2 기준봉이 형성되고 난 뒤의 목적봉은 제2 기준봉에 의하여 필연적으로 각도의 우변에 형성될 수밖에 없는 위치이다. 각도선을 그리지 않아도 이미 다음의 목적봉이 각도선의 우변에 생긴다는 것을 알 수 있다. 이때의 예상되는 목적봉은 양봉으로 각도술 상에서는 상승을 요구하고 있다. 하지만 실제는 하락을 하며 각도선 사변의 끝부분까지 흘러내리는 경우를 종종 볼 수 있다. 이러한 형태를 매우 조심해야 한다.

    각도술에서 원하는 캔들의 형태가 아니고 반대의 방향으로 흘러 내리는 모습을 볼 수가 있다. 우리가 원하는 캔들의 모형은 점선의 빨간 양봉이다. 각도술은 각도선의 우변에 캔들이 위치하면 지금까지의 추세방향과 반대의 방향으로 움직인다는 것이 기본 이론인데 이건 다른 방향으로의 흐름을 보여 주고 있다. 분명 실패한 각도술이다. 그런데 캔들이 안착한 지점을 살펴 보자. 각도선 사변의 맨 아래 부근까지 밀려 간 뒤에 비로소 멈춘 것을 볼 수 있다. 따라서 목적봉의 위치가 각도선 사변의 안착 지점과의 거리가 멀 때는 각도선의 사변 맨 아래까지 캔들이 흘러 내려갈 수 있음을 염두해둬야 한다. 섣부르게 판단하여 음봉임에도 불구하고 매수로 가담을 하는 우를 범해서는 안될 것이다. 목적봉의 위치가 각도선의 사변 맨 끝 부위까지의 길이가 길면 길수록 주가의 흐름은 흐르고 있는 방향으로 갈 수 있을 확률이 높으므로 이에 대한 대비책을 만들어 두어야 한다. 즉 이는 각도선의 각도가 가파르다는 것을 나타내며, 대비책이라 함은 매수가담을 하지 않고 대기하는 것이다. 상승 각도술의 실패와 하락 각도술의 실패처럼 예상되는 목적봉의 위치와 각도선의 사변 마지막까지의 거리가 길수록 각도술의 실패할 확률이 크다. 따라서 이때는 다음에 완성될 각도를 기다려야 함이 원칙이다. 즉, 상승 각도술이나 하락 각도술 모두가 같이 각도선의 기울기가 완만하게 나타날 때까지 기다림이 원칙이다. 상승이나 하락 각도술의 실패는 각도선의 기울기가 가파를 때 많이 나타난다.

하락 각도술의 실패

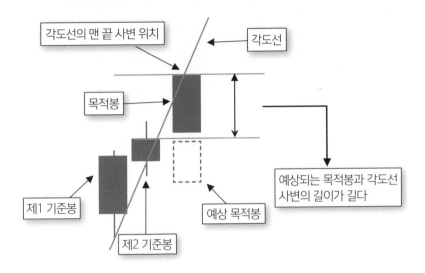

상승 각도술과 아주 반대되는 이론이므로 상승 각도술이 이해된다면 하락 각도술은 저절로 이해가 될 것이다. 제1 기준봉과 제2 기준봉의 형성에 있어서 목적봉은 각도술에 의하면 반드시 음봉이 나타나야 함에도 불구하고 양봉이 발생하고 있음을 심심치 않게 볼 수 있다. 각도의 사변 우측에 캔들이 위치하고 있기 때문에 우리가 원하는 캔들의 모형은 청색 점선의 모형인데 실제의 흐름은 빨간색의 캔들의 형태이다. 하락 각도술이 실패한 이후 캔들의 흐름은 목적봉이 제2 기준선과의 각도선 사변 맨 위쪽까지 올라 갔음을 알 수 있다. 이러한 형태의 하락 각도술의 실패도 종종 볼 수 있으므로 하락 각도술의 접근도 사변의 길이까지 캔들이 이어질 수 있음을 염두에 두고 이에 대응하여야 한다. 각도선의 기울기를 살펴야 하는 것은 두말할 것도 없을 것이다.

확률이 좋은 각도술

각도술은 중장기 추세에 대하여는 주봉과 월봉을 적용하기를 권장하고 단기 추세로 데이 트레이더는 분봉을 보는 것을 권장한다. 각도술의 이론에 대하여 지금까지 설명해 왔다. 각도술의 이론적인 접근과 상승과 하락의 각도술에 대하여 기술하고 실패한 각도술에 대하여 기술하였으므로 이제부터는 확률이 좋은 각도술에 대하여 기술하려 한다. 확률적으로 여러 곳에서의 각도술 적용을 보아 왔고 이러한 것에 대해 수없이 많은 차트를 돌려보며 이론적인 것이 적합한지를 검증하려 노력해 왔다. 그 결과 각도술이란 이름을 명명하여 세상에 나오게 된 것이다.

각도술은 하락이 지속되다가 하락을 멈추고 상승하는 길목에서 매수로 진입하여 수익을 내는 확률 높은 이론이고 상승을 지속하다가 하락으로 전환하는 시점에서의 매도로 진입하여 수익을 내는 이론이므로 이를 잘 적용한다면 누구나 쉽게 수익을 올릴 수 있을 것이다. 어렵고 복잡하면 배우려 하지 않고 무조건 어렵다고만 생각을 하게 된다. 따라서 이해하려 들지 않고 남에게 의지하려는 습관을 가지게 된다. 캔들만 이해할 줄 알면 누구나 손쉽게 접근할 수 있는 방법이 각도술이다. 어렵고 복잡한 것은 누구나 하기 싫고 먼 것임은 자명한 일일 것이다. 각도술이 좋은 것은 추세도 파동도 패턴도 몰라도 된다는 것이다. 그저 캔들을 그릴 줄만 알면 누구나 쉽게 그것도 고도의 숙련된 자들만의 영역이라고 하는 데이 트레이더의 영역도 결코 무섭거나 두렵지 않다는 것이다.

지금까지 알려진 어떠한 보조지표도 적용하지 않고 다음 날의 상승과 하락, 다음 주의 상승과 하락 그리고 다음 달의 상승과 하락을 예측할 수 있는 방법이 각도술이다. 어떠한 캔들을 보더라도 그 다음 캔들의 상승과 하락을 예상할 수 있는 방법이 각도술이며 그 성공 확률이 높은 것이 각도술이다. 더욱이 귀찮고 어려운 각종의 보조지표를 이해하지 않고 캔들 몇 개만을 가지고 상승과 하락을 이야기할 수 있는 방법이 있다면 금상첨화 아니겠는가.

　캔들 몇 개만을 가지고 다음 캔들이 하락할 것인가 상승할 것인가를 알아 맞히고 그에 따라 수익을 낼 수 있으며 그 확률이 높다면 천금을 주고도 사려고 덤빌 것이다. 실패한 각도술에서 언급했듯이 각도선의 우측에 위치한 캔들이 사변까지의 길이가 길면 목적봉은 원하는 방향으로서의 진행을 하지 않는 것을 종종 볼 수 있는데, 이는 이미 알려진 실패의 경우이므로 그다지 염려하지 않아도 된다. 이럴 경우는 언급했듯이 목적봉의 위치가 각도의 사변과의 거리가 멀기 때문에 실패하는 각도술이 만들어진다. 이미 예견되고 알고 있는 내용이므로 이러한 오류에 속아서는 안된다. 이런 속임수 각도술의 특징은 각도선의 기울기가 가파르다는 것을 알아야 하고 이에 대비하여야 한다.

　각도술은 모든 위치의 캔들에 일괄적으로 적용되지 않는 모순도 있다. 이때 우리는 이러한 캔들의 형태에서는 접근을 하지 않으면 된다. 그러지 않아도 수없이 많은 종목에 각도술을 적용할 수 있는데 구태여 맞지 않는 종목에까지 각도술을 적용하려고 애쓸 필요는 없다. 각도술에 맞는 종목을 찾아내고 과거의 데이터로 적합성 여부를 파악한 뒤 적용해도 좋을 것이다. 각도술을 그릴 수 없는 캔들에 대해 적용하려고 하지 말고 각도술을 그릴 수 있는 캔들의 형태에 각도술을 적용하는 것이 바람직하다는 말이다.

　확률이 좋은 각도술은 그 각도가 완만하고 제2 기준봉의 꼬리를 제외한 몸통의 크기가 크기가 제1 기준봉에 비해 작아야 한다. 제1 기준봉의 크기보다 제2 기준봉의 크기가 작다는 것은 제1 기준봉에서의 흐름보다 제2 기준봉에서의 하락이나 상승의 속도가 줄어 들었다는 의미이므로 목적봉에서는 더욱 더 현저하게 줄어 들거나 혹은 반대의 흐름이 나타날 수 있는 확률이 높다는 것이다. 생각해 보자. 제1 기준봉의 크기보다 제2 기준봉의 크기가 작다는 것은 목적봉에서의 캔들이 각도의 좌변에서 우변으로 돌아 섰다는 것을 의미한다. 그렇다면 다음의 캔들에서는 진행하려 하던 방향으로의 캔들의 모형이 아니라 그 반대 방향으로의 캔들이 형성될 수 있음을 암시한다.

　이것이 각도술의 기본원리이지만, 흐르려고 하는 반대 방향으로의 캔들의 전환이 이루어졌다고 해서 추세의 전환이 이루어진 것이 아님을 알아야 한다. 각도술은 목적봉 하나에서의 수익을 보는 방법이기는 하지만 목적봉 다음의 캔들, 즉 지금의 목적봉이 제2 기준봉으로 바뀌고 다음 목적봉이 나타날 형태를 보면 어느 방향으로 진행할지 윤곽이 나타나므로 이때에도 상승이나 하락의 각도술을 준비해야 한다. 마침 상승 각도술에서의 성공으로 진입하고 다음의 목적봉에서도 진입한 방향으로의 추세가 이어진다면 이는 다음의 목적봉까지도 수익으로 이어질 수 있으므로 지켜 보는 인내가 필요하다. 이럴 경우는 추세의 변화도 생각해 봐야 하며 또한 목적봉이 제2 기준봉으로 바뀐 후의 다음 목적봉에서도 수익으로 갈 수 있는 확률을 따져 보아야 한다. 때에 따라서는 추세의 전환점이 될 수 있음을 암시하는 것이다. 많은 부분에서의 추세의 전환점을 보여 주고 있으므로 작은 수익으로 만족하지 말고 다음의 목적봉의 형태를 면밀하게 살피는 것도 중요하다. 보유하고 있는 가치를 처분할지 홀딩할지의 중요한 기준이 되기도 함을 잊지 말아야 한다.

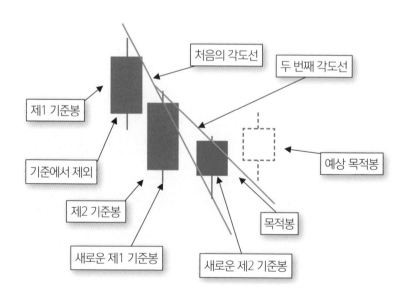

성공 확률이 높은 각도술은 제1 기준봉과 제2 기준봉의 형태가 조화롭게 이루어져야 한다는 것이다. 조화롭다는 것은 제2 기준봉이 제1 기준봉보다 몸통의 크기가 작다는 것을 의미한다. 독자 여러분도 캔들의 크기가 작아졌다는 의미를 깊게 생각해 보기를 바란다. 제1 기준봉의 캔들이 긴 장대음봉인데 제2 기준의 캔들의 형태 또한 장대음봉이라면 목적봉은 두말할 나위 없이 추가적인 하락을 시도할 것이다.

　목적봉이 하락을 지속적으로 하다가 어느 일정 부분에 가서 상승을 시도한다면 그리고 그 상승폭이 크다면 아래꼬리가 긴 캔들이 형성되고 그 다음의 제1 기준봉을 배제하고 종전에 제2 기준봉으로 삼았던 캔들이 제1 기준봉으로 변경됨과 동시에 목적봉으로 삼았던 캔들이 제2 기준봉으로 바뀌면서 다음 탄생할 목적봉에서 수익을 내는 이론인데 종전의 목적봉인 지금의 제2 기준봉에서 다시 상승을 했다면 제1 기준봉에서 각도술을 작도하는 기준점과 제2 기준봉에서 각도술을 작도하는 기준점과의 위치의 값이 작아짐으로 인해 각도선을 그어 두 지점을 연결하면 그 각도의 값이 작아지는 것이 분명해진다.

　첫 번째 각도선은 가파르게 형성되었으나 두 번째 각도선은 그 각도가 완만하다는 것을 알 수 있다. 이는 목적봉과 제2 기준봉과의 관계에서 목적봉이 제2 기준봉으로 변경되는 과정에서의 캔들의 변화를 가져와서 급격하게 상승 쪽으로 변화를 준 모형의 대표적인 현상이다. 이러한 현상의 각도술이 확률적으로 성공이 높다. 확률이 좋은 각도술은 제2 기준봉이 제1 기준봉보다 현저하게 캔들의 몸통 부분이 작거나 제2 기준봉이 색깔과 관계 없이 긴 꼬리를 만들면 지금까지의 진행과는 달리 목적하는 방향으로의 진행이 될 확률이 높은 각도술이다. 상승 각도술이면 제2기준봉이 하락하다가 상승하므로 긴 아래꼬리가 나타날 것이고 하락 각도술이면 상승하다가 하락하면서 긴 위꼬리가 생길 것이다. 그러면서 공히 각도선의 기울기가 완만한 형태로 각도술의 완성을 기다리는 모형이 나타난다.

이때를 기다리는 기술이 필요한 것이다. 기다림도 투자의 덕목이며 기다림이 야말로 최고의 기법임과 동시에 최고의 비법이다.

상승각도술의 성공 확률이 높은 것은 관통형 캔들이며 하락 각도술의 성공 확률이 높은 것은 흑운형이다.

어떠한 때는 조정 후 상승이고 어떠한 때는 하락인가

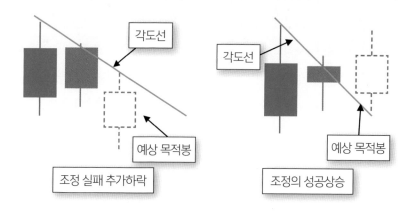

캔들의 위치에 따라 어떠한 때에는 약간의 조정을 주고 상승을 하는 반면 어떠한 때에는 그 시점을 기준으로 하여 지속적인 하락으로 이어지는 경우를 볼 수 있다. 그렇다면 어떠한 때에 지속적인 하락을 하고 어떠한 때에 조정 후 상승을 하는가에 대한 의구심을 가질 수밖에 없다. 이 또한 각도술의 성공과 실패에 지대한 영향을 끼치므로 세심한 관찰을 필요로 한다.

각도술은 제1 기준봉과 제2 기준봉과의 차이에서 캔들의 크기에 따라 다음으로 나타나는 목적봉에서의 수익을 챙기는 기법이다. 그렇다면 목적봉에서 수익만 나타나면 성공한 각도술이다. 목적봉이 다시 제2 기준봉으로 변환이 될 시에 다음의 목적봉의 위치에 따라 보유하고 있는 가치를 홀딩할지 아니면 처분할지를 결정한다.

엘리어트의 파동이론에서 조정2파는 상승1파를 훼손해서는 엘리어트 파동의 기본 조건을 충족시키지 못한다고 한다. 각도술 역시 각도선을 기준으로 목적봉의 위치가 좌측이냐 우측이냐에 따라 상승과 하락을 좌우하므로 그 기준에 충실해야 한다. 즉 제1 기준봉의 꼬리에서 제2 기준봉의 몸통 중앙 라인을 관통하는 각도선을 작도했을 때 목적봉이 각도선의 우측으로 돌아설 수 있을 정도의 각이라면 조정 파동이고 각도선의 좌측에 머물러 있으면 진행 방향으로의 추가적인 하락이 예상되므로 조정이 없고 추가적인 하락이 이루어질 것으로 보인다.

이러한 이치는 일차적으로 양봉을 만들어 상승을 하고 두 번째 캔들의 하락 조정 폭이 어느 정도냐에 따라서 다음 봉의 상승과 하락을 예측한다는 것이다. 이는 두 번째 캔들의 하락 폭과 깊은 관련이 있음을 보여 주는 것이다.

각도술은 제2 기준봉 다음에 나타나는 목적봉에 의한 수익을 보는 방법이다. 목적봉이 다음의 제2 기준봉으로 바뀔 시 그 다음 나타나는 목적봉에 대해서도 깊이 생각하여 보유하고 있는 가치를 결정하여야 한다. 각도술은 추세와 관계 없이 목적봉 하나에서만 수익을 보는 기법이다. 조정 후 상승에 대한 각도술에서 그 적용하고자 하는 캔들이 주봉이나 월봉이라면 추세에도 지대한 영향을 미친다는 것을 알아야 한다. 따라서 각도술은 추세와도 밀접한 관계가 있음을 잊어서는 안된다.

많이 알려진 기법 중에 양음양의 기법이 있다. 이 기법과 동일한 것이 어느 때는 조정이고 어느 때는 하락이냐 하는 것이다. 쉽게 설명하자면 양음양의 기법이 적용되어 다음의 캔들에서 상승으로 갈 수 있는 확률 즉, 두 번째 음봉 다음에 양봉으로 갈 수 있는 확률은 각도술을 적용하였을 때 목적봉의 캔들 위치가 각도선 우측으로 올 수 있어야 그 확률이 높다.

※ 위의 예는 상승 각도술에 대한 예를 든 것이고 하락 각도술은 상승 각도술과 반대로 생각하면 된다.

차트 거꾸로 보기

주식의 차트는 상승하면 위로 하락하면 아래로 표시하는 것이 통례이다. 또한 색상은 시가보다 오르면 붉은색으로 표시하고 시가보다 내리면 푸른색으로 표시하는 것이 정설로 되어있다. 캔들의 색상이 이렇게 표시되는 것에 대해서는 생각 없이 보아 왔기 때문에 별 거부감이 없다. 사람에 따라서는 차트의 환경 설정에서 캔들의 색상을 바꾸어서 사용하는 분들도 있을 것이다. 언제부터인지는 모르나 각 증권사에서는 차트를 거꾸로 볼 수 있게 제공해 주고 있다. 필자의 경우는 증권사에서 제공해주는 거꾸로 보는 차트를 해외선물을 하면서 살펴 보게 되었지만 주식 매매를 할 때는 한번도 이를 이용해본 적이 없다.

필자의 경우 각도술로 해외 선물을 매매함에 있어서 상승 각도술의 경우는 각도선을 그리는 데 별로 불편함을 느끼지 못하지만, 하락 각도술을 그릴 경우 각도선의 위치가 불확실하게 보이고 하락과 상승이 애매하고 판독하기가 어려운 경우가 있어 거꾸로 보는 차트를 이용하는 편이다. 혹시 독자 여러분 중에도 이러한 불편을 느끼는 분들은 거꾸로 보는 차트를 이용해 보라고 권하고 싶다. 하락 각도술을 작도할 때 차트를 거꾸로 보고 작도하면 더욱 편하며 판독 또한 편리함을 알 수 있을 것이다.

거꾸로 보는 차트를 이용하는 이유는 하락 각도술의 각도선을 제대로 이해하기 위해서이다. 우측의 그림은 해외선물 중 골드의 차트를 2019년 6월 7일과 8일 사이의 30분봉을 캡쳐한 것이다.

〈정상적인 차트〉

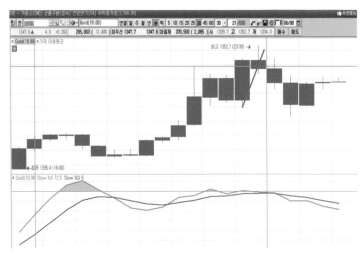

하락 각도술을 그은 후의 모습이 많이 불안정해 보인다.

〈거꾸로 본 차트〉

위의 차트보다 안정적으로 보인다.

두 개의 차트를 비교해 보고 편리한 방법을 찾아서 사용하면 좋을 것이다.

각도술은 기다림이다.

기다림이야말로 최고의 투자 덕목이다. 다음의 캔들이 완전하게 형성될 때까지의 기다리는 자야말로 진정한 각도술의 대가가 될 수 있다. 마음에 없으면 보아도 보이지 않고 들어도 들리지 않고 행해도 무엇을 행했는지 알 수 없다. 간절함만으로는 이룰 수 없으며 하늘은 스스로 돕는 자를 돕는다고 했는데 스스로를 돕고 고민하고 고뇌하고 행하지 않으면 어느 것도 이룰 수 없다.

아무리 좋은 기법도 본인이 제대로 사용하지 못하면 독이 될 수 있다. 따라서 각도술을 공부할 사람들은 캔들의 완성을 기다리고 파동을 기다리고 패턴을 기다리고 불멸의 법칙을 기다리면 반드시 백전백승의 쾌거를 이룰 수 있을 것이다. 기다림은 최고의 비법이며, 최고의 투자 자세이며, 최고의 자산임과 동시에 최고의 덕목이다. 기다림만큼의 비법은 없다.

각도술은 각도선 하나에 파동과 추세와 패턴과 캔들의 분석이 담겨진 과학적인 기법이다.

10

각 도

파 동

꼬리매매로
수익 보기
백 전 백 승
각 개 격 파
실패와 성공의 원인 분석

추 세

패 턴

캔 들

꼬리매매는 직전 캔들의 모양이
승패를 좌우한다

꼬리 매매로 수익 보기란 어느 봉을 보든 상관이 없으며 아주 단순한 매매방식이지만 기준과 원칙이 있어야 한다. 꼬리에서 매수 혹은 매도 진입하여 수익을 보는 방법이 아니라 꼬리가 소멸되고 난 후 캔들의 색상이 확정된 뒤에 수익을 보는 방법이다.

나름대로의 원칙과 기준이 정해져 있다면 각도술과 병행하여 매수와 매도의 위치점을 파악할 수 있는 방법이다. 매수로 들어갈 때는 아래꼬리가 형성되고 양봉으로 되는 시점을 매수 포인트로 잡아야 하며 이때는 아래꼬리의 끝이 손절의 값이라는 것을 잊어서는 안된다. 각도술과 병행해서 보면 커다란 도움이 될 것이다. 추세를 그어서 보면 그날의 추세가 대략적으로 정해져 있다. 그렇다면 매수의 위치를 어떻게 잡느냐가 관건이 된다. 어디에서 잡아서 어디에서 파느냐 하는 건데 이때 중요한 것이 기준을 잡는 것이다.

어떠한 매매든지 기준 없이는 할 수 없다. 그 기준값이 바로 캔들의 형상에 있고 그것을 기준으로 잡는다면 이해하기가 빠를 것이다. 기준은 바로 목적봉의 직전봉이 기준이 된다. 흔히들 양봉은 양봉을 부르고 음봉은 음봉을 부른다고 한다. 그렇다면 제1 기준봉이 음봉이라면 제2 기준봉이 음봉일 때에 매도로 가담한다는 단순한 논리이다.

그런데 여기서 문제점이 생긴다. 음봉으로 가다가 다음 봉이 양봉이 된다면 전략적으로 문제가 생긴다. 지난 봉에서의 수익을 보았던 일부 세력들이 수익을 확정짓기 위해서 보유하고 있는 가치를 처분함으로 인하여 꼬리가 생성이 된다. 약간의 꼬리는 어디에서나 볼 수 있지만 이때의 전략은 음봉은 음봉을 부르고 양봉은 양봉을 부른다는 원칙 아래 기준으로 삼고 있는 것이 양봉이라면 다음 봉이 양봉이 되는 순간에 진입을 하면 되고 기준으로 삼고 있는 것이 음봉이라면 다음 봉이 음봉이 되는 순간에 진입을 하면 된다는 간단한 원리이다. 이때 각도술의 각도선을 그려서 각도선의 좌변에 캔들이 아직 위치하고 있다면 아직 진행의 방향이 덜 끝났다는 신호이므로 우리는 이것을 적절히 이용하면 되는 것이다.

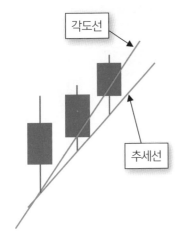

양봉은 양봉을 부르고 음봉은 음봉을 부른다. 첫 번째 양봉에서 마감이 되고 난 뒤 다음 양봉을 공략하는 아주 단순한 방법이다. 첫 번째의 양봉은 그냥 보내주는 양봉이다. 그것이 30분봉이든 60분봉이든 상관없다. 기준을 만들기 위해서는 어쩔 수 없이 바닥에 깔아 놓을 무엇이 있어야 한다. 예를 들어 기준을 30분봉으로 깔아 놓는다면 최소한 30분 동안은 매매가 이루어져서는 안된다. 기준과 원칙을 이미 30분봉이라고 설정해 놓았으므로 그 기준에 따라야 하기 때문이다.

물론 첫 번째의 양봉부터 수익을 낼 수 있는 방법을 모색해서 수익을 낸다면 금상첨화이다. 방법이 없는 것은 아니다. 첫 번째에서도 양봉이 되는 순간 매수에 가담하면 된다. 그리고 음봉으로 되는 순간이 손절의 시점이 되겠다.

어떠한 것을 사거나 팔 때에 그 가치가 비싸다거나 혹은 저렴하다고 하는 그 기준은 무엇으로 설정되는가. 아마도 동종 제품의 시세를 기준으로 그 가치를 결정할 것이다. 그렇다며 주식이나 선물에서의 가치에 대한 기준을 어떻게 잡아야 할까. 분명한 것은 그 가치에 대한 기준이 있어야 매수하거나 매도한다는 것이다. 그 가치에 대한 기준점이 없으면 어떠한 행위도 할 수 없는 것이다. 따라서 매매를 하기 위해서는 반드시 그 기준점이 있어야 하며 그 기준점의 역할을 제1 기준봉과 제2 기준봉이 하게 된다.

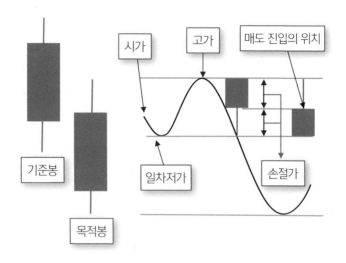

기준봉이 음봉이므로 목적봉에서 매도로 진입을 시도하여야 한다. 이때 최초 목적봉의 상태는 양봉이므로 매도로 진입하다간 커다란 낭패를 볼 수 있으므로 반드시 음봉으로 전환하는 형태를 보고서 그때 매도로 진입한다. 만약, 양봉의 시점에서 매수로 진입했다면 처음 만들어졌던 아래꼬리가 손절의 위치임을 잊어서는 안된다. 반대의 경우 매도로 진입하기 위한 첫번째 관문은 양봉에서 음봉으로 변환되는 시점이 이에 해당되며 이 지점을 기점으로 다시 반등한다면 첫 번째 위꼬리가 달린 지점이 손절의 위치가 될 것이다.

이처럼 선물에서는 자칫 판단의 실수가 그날의 손익에 커다란 영향을 미치므로 세심한 배려와 능수능란한 손놀림을 필요로 한다. 숙달이 필요한 것이다. 불멸의 법칙에서 언급했듯이 직전 고점이 저항을 나타내서 하락으로 가는 경우가 비일비재하고 이때의 판단 기준은 양봉이냐 음봉이냐에 따라 달리 함을 잊어서는 안된다. 모의 투자로 충분히 연습하고 왜 이 시점에서 매수로 해야 하고 이 시점에서 매도로 해야 하는지를 확실하게 하지 않으면 험난한 이 시장에서 살아날 길이 막막하다. 반복하는 말이지만 반드시 꼭 기준과 원칙을 만들어야 한다는 것은 이러한 이유에서이다.

꼬리매매로 수익 보기에서는 기준봉이 수익을 창출하는 목적봉에 영향을 미치므로 이 기준봉이 아주 중요한 역할을 한다. 캔들 분석에 있어서 몇 개의 캔들로 함께 분석하는 요령을 터득하고 추세와 패턴과 파동을 알고 기준봉의 색상에 따라 목적봉에서의 꼬리가 생성되는 것을 보고 진입하려는 방향으로의 캔들 색상이 만들어질 때 진입하는 방법이 꼬리매매임을 이해하고 그 적용시점을 찾아야 한다. 꼬리를 기준으로 자리 매김을 한다는 것은 수익을 창출하는 목적봉의 직전 캔들이 어떻게 형성이 되느냐에 따라서 어느 방향으로 진입을 해야 하는지의 기초적인 기준이 되므로 반드시 숙지 후 활용하기 바란다. 자칫하면 잘못된 판단으로 막대한 투자금의 손실을 초래할 수 있기 때문이다. 일확천금은 아니더라도 밥 먹고 살 정도의 돈을 벌고 싶어서 이 시장에 뛰어든 것 아닌가. 최소한의 행복 추구권을 유지하기 위해 힘들고 어려운 일에 뛰어든 것이다. 그동안 많은 책을 보면서도 어떻게 기준을 잡아야 하는지를 알지 못하여 막무가내식 투자로 아까운 종잣돈을 날린 경험이 있는 독자들은 이제부터는 그러한 우를 범하지 않기를 바란다.

다시 한번 말하지만 자기 자신의 명확한 기준과 원칙이 정립이 되지 않으면 절대로 이 시장에 뛰어 들지 말아야 한다. 기준과 원칙의 정립이 된 뒤에 이 시장에 발을 들여도 절대 늦지 않으므로 충분한 실력을 먼저 쌓을 것을 간곡하게 당부한다. 자본주의 사회가 망하지 않는 이상 이 시장은 영원히 열린다. 수익나기 어려운 시장에 기준과 원칙이 없으면 그야말로 밑 빠진 독에 물 붓기가 아닐 수 없다.

꼬리 매매는 제2 기준봉의 위치를 볼 때 목적봉이 어느 방향으로 갈 수 있으리란 것을 예상할 수 있고 꼬리에서 진입하는 것이 아닌 목적봉의 색상에서 진입을 꾀하는 방법이다. 추세가 진행되는 방향으로의 지속적인 진행은 캔들이 각도선의 좌변에 머물러 있기 때문이다. 이는 각도술의 원리와 동일하며 각도술과 접목해서 매매하는 방법이다. 횡보 구간이 아니면 이미 많은 부분이 파동과 추세에서 목적봉의 흐름이 정해진 경우가 있으므로 자신이 진입하고자 하는 방향을 면밀하게 살펴 보기 바란다.

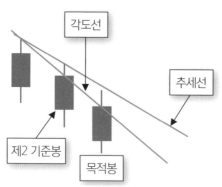

음봉은 음봉을 부른다는 원칙 아래 제2 기준봉의 위치와 각도선의 각도를 보았을 때에 다음의 캔들인 목적봉이 각도선의 우측으로 돌아설 수 없음을 인지한다면 추가적인 하락을 예측할 수 있다. 이러한 이치를 파악하고 있다면 이제부터는 그 어떤 캔들이 온다고 하더라도 결코 무서워하거나 두려워할 필요가 없다. 그것은 수많은 캔들을 비교 분석하여 이미 검증이 된 부분이기 때문에 이런 경우 확률적으로 매도로 진입해야 한다는 것을 우리는 알 수 있을 것이다. 그런데 제2 기준봉이 각도선의 위치와의 관계에서 하락을 멈추고 상승 쪽으로 갈 수 있을 것이란 판단이 들면 즉, 목적봉의 위치가 각도선의 우측으로 돌아설 것이 우려되거나 그러한 위치에 와 있다면 매도진입보다는 양봉 시에 매수로 진입해야 한다는 것을 항상 염두에 두고 대기하여야 한다.

이처럼 캔들 몇 개만 보고도 꼬리 매매에서 수익이 날 것인가 또는 어느 방향으로 진입을 할 것인가에 대한 예측이 가능한 것이 각도술과 캔들 꼬리의 관계이다. 꼬리 매매로 수익 보기에서는 진행 방향으로의 추가적인 진행이 될 것인가 혹은 진행 방향에서 반대로 갈 것인가에 대한 예측이기에 제2 기준봉과 각도선과의 위치가 매우 중요하므로 숙지하고 대응하기 바란다.

상승이나 하락이나 공히 꼬리매매로 수익 보기에서는 각도선을 그렸을 때 목적봉이 절대로 각도의 우변으로 돌아오지 못하고 각도의 좌변에 남아 있어야 하는 위치가 있을 것이다. 이때 꼬리 매매로 수익 보기를 하는 방법이므로 각도술을 이해하지 못하면 이 방법 또한 사용할 수 없다. 반드시 각도술을 외우려 하지 말고 이해하여 사용하여야 함을 적극 권장한다. 이해가 안되면 실패한 각도술을 다시 한번 유심히 살펴보기 바란다. 또한 위꼬리나 아래꼬리의 추세선과도 밀접한 관계를 가지고 있으며 그 꼬리가 저항이나 지지를 나타낸다는 것도 눈여겨 봐야 한다.

손절 위치 파악

— 손절매는 위치의 이탈 값이다

무엇보다도 중요한 것이 손절의 위치 파악이다. 손절은 틱의 수 혹은 퍼센트의 개념이 아니라 캔들 위치의 개념으로 봐야 한다. 파동에서의 맥점이나 추세전환선이거나 많은 지점에서의 맥점이 있으므로 그 맥점의 지점이 바로 진입의 시점임과 동시에 손절 지점이다. 즉 상승 불멸의 법칙에서는 직전 고점을 강하게 돌파한 뒤에 매수진입을 한다. 그러면 직전 고점의 지점보다 높은 가격에 매수진입하게 될 것이 분명하다. 때문에 직전 고점을 이탈할 시는 손절을 쳐야 하므로 손절은 틱의 수가 아니라 위치를 이탈했을 때 즉, 위치의 값인 것이다.

캔들에서의 매매방법은 기준 캔들의 위치이탈 시가 손절의 위치이다. 즉 관통형의 캔들에서 매수 진입을 했다면 관통형 캔들의 위치값이 이탈했을 때가 손절의 위치이다. 패턴매매의 손절 위치는 패턴매매의 기준위치 이탈 시가 손절 위치의 값이다. 또한 불멸의 법칙에서 진입을 했다면 불멸의 법칙을 이탈했을 때가 손절의 위치이다. 이처럼 손절의 값은 틱의 수치가 아니라 위치의 값임을 이해하여야 한다. 패턴으로 진입을 시도하여 진입을 했다면 패턴의 이탈 시에 손절하고 빠져 나와야 하며 추세로 보고 진입을 했다면 추세의 이탈 시에는 손절을 하고 빠져 나와야 한다는 것이다. 패턴 격파에서 그 종류가 수도 없이 많다는 것을 알았고 이러한 패턴의 이탈 시에는 반대의 방향으로 엄청난 파동이 일어난다는 것을 많이 보아 왔기 때문에 이를 예방하기 위해서는 반드시 패턴의 이탈 시점을 손절 시점으로 잡아야 한다.

매수와 매도 진입의 이유가 발생했을 때 진입을 시도하는데 바로 이러한 이유를 배반하는 경우가 나왔을 때는 빠르게 손절하고 나와야 한다. 따라서 손절은 틱의 숫자가 아니라 위치의 값이 되는 것이다. 이렇듯 손절의 원칙을 정했는데 손절하지 못한다면 단시간 내에 엄청난 손실을 초래하게 될 것이다.

11

각 도

파 동

기본과 원칙의
재정립

백 전 백 승
각 개 격 파

실패와 성공의 원인 분석

추 세

패 턴

캔 들

기준과 원칙의 재정립은
새로운 역사의 탄생이다

이제 기준과 원칙의 재정립이 필요하다. 지금까지의 모든 것을 토대로 기준과 원칙을 재정립하여 나만의 원칙을 만드는 데 주력해야 한다. 개인마다 원칙이 다르겠지만 그 원칙은 대동소이할 것이다. 왜냐하면 이 시장에서는 모두 공통적으로 수익을 내야 하는 지상 최대의 과제를 안고 있기 때문이다. 그렇기에 그 기준과 원칙 또한 크게 다르지 않을 것이다. 문제는 투자의 성향이다. 투자의 성향이 중장기 스윙 트레이더냐 아니면 단기 트레이더냐에 따라서 기준과 원칙에 조금씩 차이가 있지만 대부분은 대동소이하기 때문에 본인의 투자성향에 따라 기준과 원칙을 정해 놓고 철저하게 지키기 바란다.

매매를 함에 있어서 매수와 매도 그리고 손절의 위치의 값을 얼마나 정확하게 설정하느냐에 따라 성공과 실패가 갈리므로 어떠한 때에 매수진입을 하고 매도 진입을 해야 한다는 기준을 명확히 해야 한다.

처음 장에서 PDCA 싸이클을 돌려야 한다고 언급을 했다. 품질 향상과 생산성 향상, 공정개선의 방법 중 가장 기본적으로 사용하는 기법 중 하나이며 그것을 모든 개선과 보완의 방법으로 사용한다는 것에는 어느 누구도 부인할 수 없을 것이다. 그 기본을 바탕으로 여러가지 품질 개선 방법들이 적용된다. 고급기법들이 적용된다 할지라도 궁극적으로는 PDCA Cycle이 기본이 되어 돌아가지 않을 수 없을 것이다.

파동 패턴 추세 캔들 각도 그리고 불멸의 법칙을 기본으로 어느 부분에서 매수 혹은 매도에 들어가고 어느 부분에서 손절에 들어가야 하는지 분명한 위치의 값을 정하는 일 그 자체가 기준과 원칙을 정하는 일이다. 기준과 원칙을 나름대로 정해 놓고 그것에 따르지 않는다면 하루 아침에도 쪽박을 찰 수 있으므로 반드시 지켜야 한다. 지키지 않을 원칙이나 기준이라면 처음부터 만들지도 말고 기준과 원칙이란 말을 꺼내지도 않는 것이 좋을 것이다.

매매를 함에 있어서 원칙이란 것은 수익의 창출을 기본으로 두는 것이다. 그러기 위해서는 진입의 타이밍이 중요할 것이다. 그것을 성취하기 위해서는 어떠한 방법을 사용해서든 달콤한 계좌의 수익을 꾀하면 된다. 이것이야말로 가장 가치 있는 일일 것이다. 수익을 내기 위해 열심히 공부하고 집중하고 진입의 타이밍을 연구하고 기다리는 시간과 자신과의 싸움을 어떻게 이겨 나가느냐가 관건인 것이다. "안 주면 안 한다 줄 때까지 기다린다"는 극단적인 어휘까지 사용하면서 자신과의 싸움에서 이기려고 하였고 덕분에 빠른 학습의 효과를 거두어 효과적인 변화를 꾀하고자 하였다.

지금까지 매매의 습관을 한꺼번에 바꾼다는 것은 참으로 어려운 일이다. 잦은 매매로 큰 수익을 낼 수 있다고 하지만 큰 수익을 내기보다는 큰 손실을 볼 수 있는 확률이 너무나 많다. 따라서 일발 필살, 백전백승의 승률을 노리려면 완벽한 기회를 찾아야 한다. 완벽한 타이밍을 잡을 때까지 절대로 총알을 날려서는 안된다. 타이밍을 놓쳤다면 하루 종일이라도 기다려 다음 타이밍을 잡으면 된다. 반드시 기회는 온다. 하루 한 종목을 노리더라도 하루 몇 번의 타이밍은 온다. 그 시기를 노려야 한다. 언제가 될지 모르지만 완벽한 타이밍이 올 그 시간을 기다려야 한다. 그 기다림을 견딜 수 없다면 차라리 인내력을 기를 수 있는 수도원이나 절에 가서 마음의 수양을 닦고 나오는 편이 더 현명할 것이다.

자신의 실수를 숨기려고 완벽한 척 하지 말고 실수를 공개해야 한다. 자신의 식구에게 친구에게 지인에게 이래서 실수했고 두 번 다시 동종의 실수를 하지 않을 것이라고 고백하는 것이 잦은 실수를 하지 않는 방법 중 하나이다. 실수로부터 새로운 교훈을 배우고 발전을 하고 성공을 위해서 지속적으로 노력하는 자세야말로 기준과 원칙을 만드는 데 아주 중요한 역할을 하는 초석이 될 것이다.

새로운 분야에 도전하고 학습하고 새로운 지식을 습득하는 일은 인류의 탄생 이래 지속적으로 거듭돼왔으며 앞으로도 영원히 이어질 것이다. 원하든 원치 않든 우리는 배움의 영역에 속해있으며 많은 것들이 자신도 모르게 업그레이드되어 가고 있는 것이다. 이렇듯이 모든 매매의 실패의 원인을 분석하고 분석이 되었으면 그것을 보완을 하고 보완이 되었으면 원칙을 수정하는 행위가 꾸준하게 이루어져야 하며 이러한 습관이 자리잡았을 때 비로소 원칙의 정립이 제대로 이루어지고 있다고 할 수 있을 것이다.

수없는 시행착오를 거치면서도, 실패와 실패를 거듭함에 있어서도 그 원칙이 정립이 안되고 수정이 안되고 잘못된 원칙으로 인한 손실에 괴롭다면 당연히 무언가 잘못되었음을 깨닫고 그것을 보완할 때까지 이 시장에서 조용히 물러나 있어야 한다. 막연하게 아무런 생각 없이 상승할 거 같아서 하락할 거 같아서 개념 없이 진입을 시도하는 행위를 하고 있다면 분명히 커다란 잘못이 있으므로 진입의 시점을 냉철하고 신중하게 검토하는 습관을 가져야 하고, 파동 추세 패턴 각도 캔들의 모든 것이 일치하는 시점에서의 진입을 시도하였는지를 냉정하게 검토하여야 한다. 이것이 이루어졌을 때 비로소 기준과 원칙이 정립이 되었다 할 수 있을 것이다.

파동 추세 패턴 각도 캔들 불멸의 법칙 이 여섯 개의 용어는 상승이냐 하락이냐 두 가지 이외에 다른 것이 없다. 진입 시에는 반드시 이 여섯 가지의 항목을 검토하고 또 검토하여 확신이 있을 때 비로소 진입을 시도해야 한다. 백전백승은 이런 노력 없이 절대로 불가능하다.

세상에 무엇이든 공짜로 얻어지는 것은 단 하나도 없다. 반드시 그만한 대가를 지불해야만 얻을 수 있는 것이다. 고통 없이 얻을 수 있는 것은 단 하나도 없다. 길거리 가다가 지갑을 주웠다고 공짜라고 좋아하지 마라. 그것 또한 공짜가 아니라 그 지점을 지나가는 수고로움을 하는 행위를 했기 때문에 얻어진 수확물이며 혹은 그것으로 인해 법적인 문제로 재판을 받게 될지도 모르는 일이기 때문이다. 무료 나눔을 하는 앱에 가입을 하여 원하는 물건을 무료로 얻었다고 해서 공짜라고 좋아할 이유가 없다. 그 또한 앱을 뒤적이는 수고로움의 결과물이기 때문이다. 따라서 세상에는 절대로 공짜가 없는 것이다. 앞서 예로 든 경우는 그 결과물을 얻는 과정까지 수고로움이 적을 뿐이지만 견디기 어려울 정도의 극심한 고통을 감내하고 얻어지는 결과물도 우리의 주변에서 적지 않게 볼 수 있다.

극심한 스트레스 속에서 얻어내는 결과물이 작다고 할지라도 원하는 것을 얻기 위한 방법이 그러한 수단이라면 당연히 받아들여야 할 것이며 그러한 행위를 수없이 반복함으로써 자신을 좀 더 발전시키고 진화시킴으로써 좀 전의 실패를 성공으로 변화시킬 줄 아는 행위야말로 진정한 원칙을 정립하는 길이다. 장황하게 늘어 놓아 핵심인 원칙과 기본에서 벗어난 것 같지만 절대 아니다. 책을 보기 전과 지금 생각의 변화가 없다면 처음의 페이지로 가서 다시 시작하여야 한다.

위기의 의식을 가지고 있어야 하며 왜 지금까지 실패의 연속이었느냐가 핵심인 것이다. 진입의 시기를 잘못 파악하고 실패를 거듭함에도 문제의식은 느끼지 못하고 무엇이 잘못되었는지 깨닫지 못하기 때문에 연속된 실패만이 이어지는 것이다.

인류는 끊임없이 진화하는 역사를 갖고 있으며 지금도 알게 모르게 지속적으로 진화하고있다. 누군가 알려주지 않아도 매스컴을 통하여 혹은 다른 매체를 통하여 지식을 습득하고 있다. 그런데 아주 중요한 경제 수단이며 행위에 있어 실패를 거듭하면서 개선하지 않고 아직도 제자리걸음을 하고 있다면, 주식은 어렵고 선물은 어렵다는 타령만 원론적으로 하고있다면, 진화하는 것이 아니라 퇴보하는 것이 분명하므로 보따리 싸서 이 시장을 떠나는 것이 소중한 내 계좌를 지키는 지름길일 것이다.

우선은 살아남아야 이 시장에 다시 도전을 하여 원금을 회복할 수 있다. 종잣돈 다 날리고 빈털털이가 된 다음에는 아무것도 할 수 없으므로 우선 살아남고 봐야 한다. "살아남는 것은 가장 강한 종도 가장 지적인 종도 아니다. 변화에 가장 잘 적응하는 종이 살아 남는다."라고 종의 기원 저자인 찰스 다윈 (Charles Darwin)이 말했다. 그만큼 변화에 강해야 하고 문제의식을 갖고 실패의 원인을 찾아 내어 계획을 수립하고 실천하는 PDCA Cycle을 부단히 돌릴 줄 알아야 이 시장에서 살아남을 수 있을 것이다. 많은 투자자들이 있지만 수익은 거듭제곱의 법칙이 적용된다고 한다. 즉, 버는 사람은 더욱 더 많이 벌고 못 버는 사람은 지속적으로 못 벌거나 벌어봐야 조족지혈이란 뜻이다. 변화에 둔감하거나 자신을 변화시키지 못한다면 도태된다는 뜻이다.

파레토의 법칙과도 같은 뜻으로 해석하면 될 듯싶다. 파레토의 법칙이란 상위 20%가 부의 80%를 차지한다는 법칙이다. 즉 많은 것을 가진 사람이 전체의 20%란 뜻이다. 부가 극소수의 사람들에게 집중된다는 의미이기도 하다. 상위의 3%만이 이 시장에 살아남고 있으며 그들만이 이 시장에서 큰소리를 치고 있다는 것을 어느 누구도 부인하지 못할 것이다.

이 시장은 페어플레이가 아니다. 승자 독식의 시장이다. 피도 눈물도 없는 냉혹의 시장이다. 스포츠맨십의 정신이라고는 눈곱만큼도 찾아 볼 수 없다. 체급과 실력에 따라 분류되고 프로와 아마추어로 분류되어 게임하는 시장이 아니다. 그야말로 수천억을 가진 자와 수백명의 인재를 가진 자와 조직적으로 엄청난 자금을 움직이는 거대 그룹이 우리 개미들과 날마다 전투를 하고 있는 승자독식의 시장이다. 이러한 승자독식의 시장에서 변화라고는 눈곱만큼도 없이 어제 하던 방법과 똑같이 매매에 임한다면 그들과 싸워서 이길 수 있겠는가? 유연한 사고를 가지고 앞으로 무엇이 필요한지를 알아내고 실패를 했으면 왜 실패를 했는지 원인을 찾아 내는 최소한의 노력도 없이 이 시장에서 살아 남을 수 있다고 생각하는가. 다른 이야기지만 미국의 한 건축회사가 120평 규모의 주택을 3D 프린팅을 통해 단 하루 만에 집을 지었는데 건축비는 고작 3000만원 들었다고 한다. 이처럼 세상이 급변하고 있는데 본인은 그 변화에 대처하지 않고 무엇이 잘못되었는지조차도 파악하지 않고 있다면 금전력과 조직력과 우수한 두뇌를 가진 그들과 싸워 이길 수 있겠는가.

파동 추세 패턴 각도술 캔들 그리고 불멸의 법칙 여섯 개를 이해하고 기다림의 미덕으로 무장해 안 주면 안 한다는 각오 하에 그들과의 싸움에 임한다면 충분히 승리를 취할 수 있을 것이다. 기본이란 내재되어 있는 모든 기술적 분석의 방법이며 그것들의 융합과 어우러짐이 기준이며, 자기 자신의 마인드 컨트롤이 원칙이다.

지금까지의 모든 것을 한데 취합하는 기술을 익혀야 한다. 앞서 말했듯이 나무를 보되 숲을 보아야 하고 숲을 보되 나무를 보아야 한다. 전체를 아울러 볼 수 있는 안목을 기르는 것이 기본이며 이를 모두 아우르며 진입시기를 저울질하는 행위가 원칙이다. 안 주면 안 한다는 것이 원칙이고 줄 때까지 기다린다는 것이 원칙이다. 이 속에는 기술적 분석의 모든 것이 내포되어 있는 것이다. 기술적 분석이라 해서 많은 부분을 요구하는 것도 아니다. 볼린저밴드, 일목균형표, 스토케스틱, 소냐, MACD, TRIX, ROC, DMI, ADX, OBV 등을 요구하지도 않는다. 이러한 보조지표를 공부하는 데 많은 시간이 필요하지만 꼭 필요하지는 않다. 하지만 이러한 보조지표가 있다는 것을 공부해두고 이해할 필요가 있으며 적재적소에 활용하는 것도 실패를 줄이는 일임에는 틀림이 없다. 기술적 분석이 바로 기본이며 이러한 모든 기술적 분석 방법을 정립하는 행위야말로 기준을 정립하는 행위이다. 따라서 기술적 분석의 기본이 되는 파동 추세 패턴 각도술 캔들 그리고 불멸의 법칙의 분석에 주력해야 하며 이 모든 것이 눈에 들어 오면 그때서야 기준이 어떤 것이고 원칙이 어떤 것인가를 알게 될 것이다. 기준과 원칙을 정했으면 왜 기본에 충실해야 하는지를 이해할 수 있을 것이다. 원칙은 간단하다. 안 주면 안 한다 줄 때까지 기다린다는 것이 바로 원칙이고 기준이며 그 원칙과 기준 속에는 기술적 분석까지 함축되어 있다. 차트를 봄에 있어서 한눈에 보아서도 진입의 여부를 가려낼 수 있을 정도의 실력이 될 때까지는 절대로 기준과 원칙이 정립이 되었다고 하지 말아야 한다.

기준은 모든 매매의 기본이 되는 기술적인 분석이 일목요연하게 정립이 되는 형태를 말하며 원칙은 기준을 바탕으로 진입의 시점을 저울질하는 모든 행위를 말한다. 이 모든 것이 완벽하게 어우러져야지만 기준과 원칙이 정립이 되었다 할 수 있을 것이다.

자신감을 갖고 매매에 임해야 한다. 하지만 자신감이 많이 결여되어 있는 상태이다. 이유도 안다. 수없이 많이 깨졌기 때문이다. 왜 깨지는지 그 이유도 모른 채 이리 터지고 저리 터지다 보니 이제 두려움만 남아 있다. 더 이상 매매를 하고 싶지 않을 정도로 깊은 자괴감에 빠져 쓸쓸히 이 시장을 떠나야 하나 할 정도로 심정은 참담하기 그지없다. 이제 정말로 좋은 자리임에도 수없이 깨진 경험에서 비롯된 두려움에 제대로 진입을 하지 못한다. 그러고 얼마의 시간이 지나고 난 뒤 바로 그 시점이 아주 중요한 맥점의 자리임을 알고는 다시 한번 무능함을 탓하게 된다. 어째서 무엇 때문에 이렇게 우유부단하고 결정적일 때 진입하지 못하고 멍하니 모니터만 바라보는 멍청이가 된 걸까. 지금까지 수없이 깨지고 또 깨졌기 때문이다. 깨진 이유도 알지 못하고 수없이 깨졌기 때문에 두려움이 앞서서 최고의 맥점이 왔는데도 혹시나 손실 보면 어쩌나 하는 망설임에 진입하지 못했고 시간이 지난 뒤에야 저곳이 진정한 맥점이었구나 하고 한탄만 한다. 이미 지난 과거의 차트만 보고 자신의 결단력 부족과 무능함에 대한 자책만이 뇌리를 스친다. 백전백승의 결과를 얻을 수 있는 실력을 쌓기도 전에 실전에 뛰어들어 이리 터지고 저리 터졌고 그 때문에 의기소침해졌다.

이제 그것을 벗어 던질 때가 된 것이다. 무서워 할 필요가 없는 것이다. 왜냐하면 이제는 강해졌기 때문이다. 지금까지의 내가 아니라 파동과 패턴과 추세와 각도술과 캔들 그리고 불멸의 법칙을 완벽하게 소화하여 냈기 때문에 날마다 깨지던 내가 아닌 것이다.

무서워할 필요도 두려워할 필요도 없다. 이제 강력한 각도술과 파동과 추세와 불멸의 법칙과 기준과 원칙이 존재하기 때문에 무섭고 두려울 필요가 없는 것이다. 무섭고 두렵다는 것은 어떠한 행위를 했을 때 그 결과물에 대한 확신이 서질 않아 두렵고 무서운 것이다. 이제는 그 결과물에 대한 확신이 있고 자신감이 넘쳐나므로 무섭거나 두려울 것이 없다. 이전의 두려움을 이겨내고 용기를 내 어떠한 일을 해 내려고 한다. 그에 대한 자신감이 넘쳐 그 의기가 하늘을 찌른다.

자신감은 작은 승리로부터 시작이 된다고 한다. 지금까지 많은 것을 연마했다. 그동안 당했던 부분에서 다시 당하지 않으려고 노력하고 업그레이드해 지난날보다 많이 진화했으므로 전처럼 날마다 깨지는 그런 일은 없을 것이다. 다시 용기를 내서 도전을 하려 한다. 각도술에서 기본과 원칙에서 기다림의 미학에서 파동에서 추세에서 불멸의 법칙에서 그 기본을 따를 수 있는 마음의 여유를 얻었고 그에 따라 승리를 쟁취하는 방법을 알았기 때문에 자신감을 얻을 수 있고 용기를 낼 수 있는 원천적인 무기를 가슴속 깊이 만들었다.

기다릴 수 있는 마음의 여유를 인내심을 그리고 단지 선 하나 그려 놓았을 뿐인데 기다림의 진정한 의미를 이해할 수 있었고 안 주면 안 한다는 것이 무엇인지를 알았다. 줄 때까지 기다린다는 그 의미가 어떠한 것인지를 알게 되었고 지금까지의 모든 것을 사용할 수 있는 원천적인 기술을 익혔다. 단지 각도술이란 선 하나 그려 넣었을 뿐인데 매매의 태도가 매매의 습관이 많은 것을 변화시켜 놓았다. 따라서 그것을 바탕으로 수익은 날로 커져만 갈 것이다. 하루의 수익이 작다고 할지라도 절대 그것을 무시하지 말고 날마다 수익을 낼 수 있는 구조로 만들어 간다면 누적수익을 크게 낼 수 있을 것이다.

어떠한 변화 하나로 지금까지의 삶을 완전하게 바꿀 수 있다면 과감하게 태도와 습관을 바꿀 용기를 내야 한다. 단지 선 하나 그었을 뿐인데 삶이 바뀐다면 망설일 이유가 없지 않을까? 선 하나 그어 놓고 기다릴 뿐인데 그 선 하나가 삶을 풍요롭게 바꾸어 줄 수 있다면 말이다. 그렇게 고대하던 날마다의 수익이라는 달콤함이 눈앞에 왔는데 바꾸지 못할 것이 어디에 있을 것인가. 선 하나 그었을 뿐인데 풍요로운 삶이 기다린다면 너무나 기분 좋은 일 아닌가.

지금껏 비법이라고 할 수 없는 것들에 얼마나 많은 시간과 자금을 투자했던

가. 이제 그런 것 모두 버리고 몇 가지 되지 않는 파동 추세 패턴 각도술 캔들 그리고 불멸의 법칙을 완벽하게 구사할 수 있다면 이제부터는 계좌를 살찌우는 일만이 남아 있을 뿐이다.

단순한 바람만 가지고는 그 어떠한 것도 얻을 수 없다는 것을 잘 알고 있다. 바람이 있다면 그것을 위해 최선을 다하고 그 결과를 기다려야 한다. 그것이 그 바람에 대한 최소한의 예의인 것이다. 기준과 원칙의 정립은 한마디로 압축하면 안 주면 안 한다는 것이다. 즉, 파동 추세 패턴 각도술 캔들 불멸의 법칙이 완벽하게 오지 않으면 절대로 진입하지 않는다는 것이다. 기준은 파동 추세 패턴 각도술 캔들 불멸의 법칙이 일치할 때 진입한다는 것이고 원칙은 이를 철저하게 지킨다는 것이다.

간단한 것 같지만 절대로 간단하지 않다. 파동에서 파동의 시발점을 찾아야 하고 추세에서 상승과 하락의 추세를 변화를 기다려야 하고 수없이 많은 패턴에서 그 패턴의 완성을 기다려야 하며 파동과 추세와 패턴의 완성점에서는 캔들의 완성을 기다려야 하며 그 캔들의 완성 뒤에는 각도가 제대로 무르익었는지를 파악해야 하며 불멸의 법칙에서는 직전 고점을 돌파하는지와 직전 저점을 이탈하는지를 파악해야 하는 어려움이 있다. 이러한 과정을 모두 이해하는 행위야말로 기준을 잡는 일이며 그것이 기준이 되어 원칙을 정하는 행위야말로 이 시장에서 살아가는 데 없어서는 안될 까다롭고 힘든 작업이다.

파동 추세 패턴 각도술 캔들 불멸의 법칙의 모든 것을 이해하지 못했다면 이 책 말고도 이에 관련된 수없이 많은 책들을 섭렵하여 반드시 나름대로의 상승과 하락의 원리를 이해하여야 한다. 그렇지 않으면 절대로 이 시장에 발을 들여 놓지 말기를 간곡하게 말하고 싶다. 파동과 추세 패턴 각도 캔들 불멸의 법칙을 완벽하게 소화했다면 그것을 기준으로 삼아야 하고 그 기준이 바로 원칙이 되어야 하며 그것이 기본이 되어야 한다. 기준과 원칙이 없으면 아무것도 하지 말아야 한다.

기준과 원칙을 정한다는 것은 매우 어려운 일이기는 하지만 그렇다고 간과할 수는 없는 노릇이다. 어렵고 힘들더라도 반드시 기준과 원칙을 정립하여야 하며 기준과 원칙의 정립은 새로운 역사의 탄생임을 잊지 말아야 한다.

매수의 기준이 되는 열 가지를 나열하여 보자.
그리고 매도의 기준이 되는 열 가지를 나열해 보자.
그리고 그 열 가지에 모두 그만한 이유가 있는지를 나열하여 보자.
이것은 매수와 매도의 기준과 원칙을 만드는 데 도움이 될 것이다.

12

각 도

파 동

실전매매

백전백승
각개격파

실패와 성공의 원인 분석

추 세

패 턴

캔 들

**실전매매는 부의 축적이며
삶의 전환점이다**

이제 실전이다. 심호흡을 하고 지금까지 배운 모든 것을 이용해야 하는 시점에 온 것이다. 무조건 이기는 싸움을 해야 한다. 지는 싸움이란 있을 수 없으며 지는 것은 곧 지옥으로 가는 지름길이니 만큼 철저한 분석을 해야 한다.

첫 번째, 내가 매매하고자 하는 종목의 추세를 파악한다.

종목마다의 추세가 다르므로 매매하고자 하는 종목의 추세를 파악해야 한다. 추세의 파악이라 해서 거창하게 들릴지 모르지만 우리는 간단하게 그 추세를 파악할 수 있는 방법을 알고 있다. 고점과 고점을 연결하여 그 각도선이 우하향으로 향하고 있다면 그날의 그 종목은 하향 추세이다. 따라서 그 종목에 대하여는 매도진입 시점을 찾아야 한다. 여기서 고점과 고점을 연결하여 우하향으로 향하는데 그 차트의 종류를 어떤 것을 보아야 하느냐는 질문에는 본인하고 가장 잘 맞는 차트를 선택하라 답하겠다. 하지만 최소한 600틱 이상의 차트를 볼 것을 권한다. 그래야만 그 순간의 추세가 어느 방향인지를 알 수 있다.

추세의 방향이 우하향이면 반드시 매도진입 시점을 노려야 하고, 반대로 추세선을 그어보니 추세선이 우상향일 때는 매수진입 시점을 노려야 한다. 이렇듯 그 종목의 매매하려는 순간에의 추세 방향이 중요하다.

일봉 각도술에서의 상승과 하락을 예측한 뒤 그에 걸맞는 추세를 파악하는 것도 하나의 방법이 될 수 있으며, 분봉 각도술에서 추세를 파악하여 진입의 방향을 설정하는 것도 하나의 방법이 될 수 있다. 추세의 방향을 따라 진입의 방향을 맞춰야 한다는 것을 잊지 말아야 한다.

두 번째, 패턴을 찾아라.

패턴의 형태는 여러 가지 형태가 있다는 것을 이미 알고 있다. 여러 가지 패턴의 형태 중 제일 믿을 수 있고 신뢰할 수 있는 패턴의 형태를 찾아야 한다. 그런 유형의 패턴이 나타나지 않는다면 절대로 진입을 노려서는 안된다. 제일 먼저 추세의 방향을 찾아서 진입 시에 매수로 진입할지 매도로 진입할지를 결정해야 한다. 어느 방향으로 진입을 해야 할지 결정이 되었다면 이제 그 방향대로 진입을 하면 되며 그 진입의 시기는 패턴의 완성점이다. 패턴의 완성점이 아니면 절대로 진입해서는 안된다. 알고 있는 여러 가지 패턴의 종류 중 하나가 오기를 기다렸다가 패턴이 일치하는 지점을 노려서 재빠르게 진입해야 한다. 잊지 말아야 할 것은 반드시 꼭 패턴이 완성된 지점을 찾아야 한다는 것이다. 또한 패턴의 완성은 불멸의 법칙의 완성이라는 것도 잊지 말자.

세 번째, 캔들의 완성을 찾아라.

모든 캔들은 그 의미를 내포하고있다. 줄곧 상승하던 추세가 하락형의 캔들이 나타난 뒤부터는 변형되는 것을 우리는 자주 볼 수 있다. 그만큼 캔들의 분석이 중요하다. 추세의 분석에 있어서 그날 진입하여야 하는 방향성을 파악했다면 이미 성공한 것이나 다름이 없다. 즉, 추세가 우하향을 가리키고 있으면 우하향이 가리키는 방향으로 진입하면 되는 것이다. 그런 시점에서 정확한 진입 시점을 찾기 위해 차트 분석을 하고 추세 패턴 분석을 해 온 것이다. 방향성이 완성되었으면 이제 그 방향대로의 진입을 모색하면 된다. 추세선을 그어보니 우하향으로 향하고 있음을 인지하고 패턴의 형태를 파악했다면 그 다음에 할 일은 매도를 가리키는 캔들의 완성을 찾는 것이다. 캔들의 완성점은 패턴의 완성 지점이 된다. 캔들의 완성점을 찾았으면 이제 진입시점을 찾아 진입 여부를 결정하면 된다.

네 번째, 파동과 각도술의 지점을 찾아라.

파동의 기초가 엘리어트 파동이다. 그 파동의 변환점을 찾을 수 있는 방법이 각도술이다. 일차 상승 파동이 일고 조정 파동이 일어야 한다. 각도의 사변에 캔들이 위치하고 있고 그 캔들이 일정부분 상승 후 조정이라면 엘리어트 파동의 이론에서 분명 조정 파동이므로 이를 세밀하게 살펴야 한다. 각도의 사변 우측에 캔들이 위치할 것이란 것이 직전의 제2 기준봉 캔들의 형태에서 이미 파악이 된 상태이므로 이때 진입 방향의 색상에 따라 진입을 하고 손절의 위치를 잡으면 된다. 각도술이 이해가 안된다면 다시 각도술을 다룬 장으로 가 다시 한번 탐독하기를 권한다.

다섯 번째, 불멸의 법칙을 이해하라.

지구가 멸망에 이른다 할지라도 불멸의 법칙은 변하지 않을 것이다. 그것이 불멸의 법칙이다. 어떠한 종목이 상승하기 위해서는 반드시 불멸의 법칙인 전고점을 돌파해야만 이룰 수 있으며 전고점의 돌파 없이 그 종목은 절대 상승으로 갈 수 없다. 반대로 전저점의 이탈 없이는 절대로 하락으로 갈 수 없다는 것이 불멸의 법칙이다. 이는 지구가 멸망해도 반드시 지켜질 것이며 영원 불멸이라 할 수 있다. 이런 좋은 방법을 두고 우리는 비법서를 찾아 헤매고 또 헤매면서 이 시장을 배회해 왔다. 이제 더는 그럴 필요가 없다. 이 불멸의 비법만 이해한다면, 아니 주식 시장에서 한 달 정도만 밥을 먹었다면 이미 모든 것을 배운 것이나 다름이 없다. 문제는 그 중요성을 깨우치지 못한 것이다.

진입하고자 하는 종목의 추세를 이미 파악했고 패턴을 알았고 캔들의 완성을 알았고 파동에 따른 각도술을 알았으면 이제 더 이상 배울 것이 없다. 여기에 불멸의 법칙을 적용한다면 그야말로 금상첨화이다.

처음 기술한 안 주면 안 한다는 것을 이제 잊어도 된다. 줄 때까지 기다린다는 것도 이제 잊어도 된다. 진입시점 찾기에 혈안이 되어있다면 그런 것에 대해서는 이미 초월한 상태이므로 안 주면 안 한다 같은 것보다는 기준과 원칙에 좀 더 심층적으로 다가서야 할 것이다.

여섯 번째, 손절의 위치를 파악하라.

손절은 틱의 수나 %의 개념이 아니다. 손절은 위치의 개념으로 이해하고 해석해야 한다. 추세 파동 패턴 각도 캔들의 위치에 따라 손절의 위치 또한 달라짐을 알아야 한다. 손절은 캔들의 형태에 따라 파동의 크기에 따라 패턴의 형태에 따라 추세의 방향에 따라 달라져야 한다. 캔들의 완성을 보고 진입했다면 그 캔들을 벗어나는 지점이 바로 손절의 위치값이 되는 것이다. 파동에 따라 진입했다면 그 파동의 이탈점이 바로 손절값이 되어야 하며, 패턴의 형태를 보고 진입했다면 패턴의 형태를 이탈하는 지점이 바로 손절의 위치이다. 따라서 일괄적으로 30틱, 50틱으로 정하는 것은 매우 불합리한 것이며 진입하기 전에 반드시 손절의 위치를 파악하고 진입하는 습관을 길러야 된다. 손절의 값은 캔들 위치의 값임을 알아야 하고 어떠한 방향으로 진입을 하든지 진입하기 전에 반드시 손절의 시점부터 계산하여야 하며 급하게 진입을 시도했다면 진입 직후에 반드시 손절 지점을 찾아 손절을 걸어 두어야 한다. 실수로 손절의 지점을 사전에 걸어 두지 않으면 급등과 급락에서 커다란 손실을 초래할 수 있으므로 반드시 이행하여여야 한다.

일곱 번째, 이제 진입하라.

제일 우선 추세의 방향을 설정했고 (우상향이든 우하향이든 진입 종목의 추세를 파악하는 것이 우선적으로 할 일이다), 패턴의 종류에서 패턴의 완성이 진입시점의 임박함을 말해 주고, 또한 캔들의 완성을 기다리고 있는 시점이며 파동과 각도의 완성을 기다리고 불멸의 법칙이 완성되기를 기다리는 사이 손절의 위치값을 찾아서 설정한다. 그리고 이제 마지막으로 언제 진입하느냐를 저울질해야 한다. 모든 것이 마무리 되었으면 진입의 기준이 되는 몇 가지가 모두 완성되었는지를 확인하는 절차가 필요하다. 인생 최고의 프로젝트다. 매 순간마다 인생 최고의 프로젝트를 시행하는 시점에서 긴장하지 않을 수 없다.

이렇게 완성되었으면 기다림의 미학을 손수 시행함으로써 달콤한 열매를 얻을 수 있다. 지금까지의 모든 것이 여기에 함축되어 있다. 기다림도 추세도 패턴도 파동과 각도술도 추세도 불멸의 법칙도 모두 인지했고 알고 있으며 단 한번 진입하기 위한 전초적인 수단과 방법으로서 이 모든 것을 단 한번 진입하기 위한 전초적인 수단과 방법으로서의 역할이 모두 끝난 것이다.

이런 인내 없이 수익을 얻을 수 있으리라 생각하지 말아야 한다. 단 한번의 진입을 위해서 지금까지의 모든 것들이 만족되기를 기다리고 인내해 왔다. 이것이 단 한번의 매매를 하기 위한 기나긴 가다림인 것이고 백전백승을 위한 것이므로 다음의 또 단 한번의 진입을 시도하기 위해서는 위와 같은 일을 다시 세밀하고 정확하게 다시금 시작을 하여야 한다.

여덟 번째, 결과의 분석.

모든 행위가 끝났으면 결과의 분석이 뒤따라야 한다. 진입하여 수익을 보았든 손실을 보았든 무조건 그 결과에 대한 분석을 해야 한다. 그 분석은 PDCA 싸이클을 돌리기 위한 방법이다. 행위에 대한 결과를 분석하여 왜 성공을 이루었고 또한 왜 실패를 했는지에 대한 원인 분석을 통하여 다음번의 진입을 시도할 때 개선점을 찾고자 하는 것이다.

성공했다면 성공의 원인이 있을 것이다. 파동과 추세 패턴 각도 그리고 불멸의 법칙을 적용한 결과의 내용에 대해 일목요연하게 기록을 해 두면 다음의 진입시점을 잡는 데 매우 유용하게 사용이 가능하므로 다소 귀찮다 할지라도 이는 필수적으로 행해야 한다. 귀찮다는 이유 하나로 지금까지의 모든 행위를 기록으로 남겨 두지 않는다면 자신의 행위가 언제 어떻게 이루어졌는지에 대한 기억이 희미해지게 된다. 또한 실패의 원인을 분석하여 기록해두지 않으면 동종의 실패를 다시 경험하게 될 것이다.

따라서 인생 최고의 프로젝트를 시행함에 있어서 그 결과물은 반드시 보존되어야 하며, 그 자료는 다음번의 프로젝트를 시행할 때의 초석이 되어야 한다. 결과분석에는 진입의 시점과 진입 이유와 파동 추세 패턴 각도 캔들 불멸의 법칙의 완성 등에 대한 것과 적용기법까지 모든 내용이 기록되어야 한다. 이는 향후 시간이 지난 뒤 중요한 투자 지침서가 될 것이다.

실전매매는 부의 축적이며 삶의 전환점이다. 만약 일발 필살과 백전백승을 위한 모든 행위를 하였음에도 수익이 발생되지 않는다면 무언가 대단히 잘못된 것이다. 이때에는 모든 매매를 중단하고 무엇이 잘못되었고 어디가 잘못되었는지를 재빠르게 분석하여야 한다. 그리고 개선 보완하여야 하며 개선 보완되지 않으면 두번 다시 매매할 생각을 해서는 안된다. 개선 보완 되지 않은 상테에서의 지속적인 매매는 자신을 진흙탕으로 인도하고 있다는 것을 직감해야 한다. 개선 보완 되지 않는 매매는 파멸로 가는 길임을 결코 잊어서는 안된다.

부록 : 보조지표를 이용한 매매법

<신비의 술법 각도술>이라는 책을 발표하고 많은 분들의 사랑을 받아 재판을 발행하게 되면서, 책을 본 많은 독자가 '어렵다', '이해가 안 된다'는 의견을 보내왔다. 이에 따라 각도술과 병행해서 보면 좀 더 쉽게 매수와 매도에 가담할 수 있지 않을까 하는 생각에 부록을 추가하게 되었다. 이는 보조지표를 활용하는 방법이다. SNS를 통하여 많은 회원을 모집하고, 그 회원들로 하여금 매수와 매도를 진행하고 그들을 따라 했다가 많은 손실을 보고 아파하고 힘들어하는 몇몇 분들을 만나 이야기를 듣고, 리딩하는 분들의 의견을 따라 맹목적으로 사고파는 행위는 하지 않게 해야겠다는 생각을 하게 되었다. 따라서 리딩하는 사람들의 속임수를 쉽게 판단할 수 있는 방법이 무엇인가 하는 것을 골똘히 생각하게 되었고, 간단하나마 속임수 리딩을 피할 수 있는 방법을 소개하려한다.

리딩하는 사람들의 의견을 맹목적으로 따라 하기보다는 자신의 실력을 길러야 하고 리딩하는 사람들의 말을 맹목적으로 믿기보다는 그들의 의견과 나의 의견이 동일할 때 함께 진입을 하라는 것이다. 리딩자들이 매수를 외치는데 최소한 그 자리가, 그 위치가 매수 자리인지 아닌지를 알고 따라 하자는 것이다. 그러기 위해서는 본인의 실력이 그들과 비슷하거나 아니면 최소한 동등해야만 그들이 외치는 말이 거짓인지 참인지를 판단할 수 있을 것이다. 따라서 초보자들이 어떻게 그들의 리딩이 거짓인지 참인지를 쉽게 판단할 수 있을 것인가에 초점을 맞추어, 그 방법론에 대하여 이야기하려 한다. 그것이 바로 <보조지표를 이용한 판단법>이다.

수많은 보조지표가 주식 시장에 존재한다. 그러나 이를 모두 이해하고 활용한다는 것은 무척 힘든 일이다. 수많은 보조지표 중 세 종류만 언급하고자 한다. 보조지표는 보조지표일 뿐, 그 이상도 그 이하도 어떠한 의미를 부여해서는 안 된다. 캔들이 움직이고 난 뒤 비로소 따라 움직이는 것들이 보조지표이므로 참고치로 이해하여야 하며, 그 이상의 의미를 부여하거나 맹신하면 커다란 낭패를 볼 수 있다.

그러므로 보조지표보다는 캔들의 완성을 좀 더 의미 있게 바라봐야 할 것이다.

누차 말하지만 모든 것에 대한 절대적인 맹신은 금물이며 눈에 보이는 것만 믿어야 한다. 보조지표는 참고치로 보아 달라는 의견을 피력하면서 실제의 진입 시점을 이야기 하려 한다. 백전백승하기 위해서는 욕심을 버리고 적게 먹더라도 완벽한 위치에서 공략해야 한다. 하지만 많은 분들이 저점 공략하여 큰 수익을 노리는 데 집중하고 있다. 주식의 격언에 무릎에서 사서 어깨에서 팔라는 격언이 있다. 우리는 무릎이 어디인지를 간파해야 한다. 진행이 되고 난 뒤에야 그곳이 무릎이었구나 하고 탄식하기를 반복하지만, 그런 시점을 찾는 게 그리 쉬운 일이 아닐 것이다. 맥점을 찾는 게 말처럼 쉬운 일이 아니다. 그렇다면 보조지표에서 그 방법을 찾으면 조금 더 쉽게 진입할 수 있지 않을까 하는 생각에서 보조지표를 선택하게 되었다. 모든 보조지표는 후행성이다. 선행성이 된다면 그야말로 금상첨화일 텐데 아쉽게도 모두가 후행성 지표이다. 선행성 지표라면 그 지표만 믿고 따라 하면 무조건 승리할 수 있는데, 아쉽게도 속임수가 너무 많다. 보조지표의 수만 해도 나열하기도 힘들 정도로 그 수가 무척이나 많은데, 그중에서 확률이 좋은 보조지표를 몇 가지 다루려 한다. 여기서 다루는 몇 가지의 보조지표만 맞고 다른 보조지표는 틀렸다는 것은 아니다. 다른 많은 보조지표도 성공 확률이 무척이나 많다. 이러한 보조지표들을 공부하여 자신과 맞는 보조지표를 찾고 그 보조지표를 활용하여 수익을 창출하는 것도 바람직한 일이다. 무수히 많은 보조지표도 모두가 신뢰성이 있기 때문에 많은 증권사에서 프로그램하여 사용할 수 있게 하는 만큼, 이를 활용하는 것도 나쁜 일은 아니다. 많은 보조지표를 다루고 싶지만 그러면 그 많은 보조지표를 이해하고 활용하는 데 있어서 그 기준과 원칙을 잡는데 또 많은 시간이 걸릴 테고, 그러다 보면 또 다른 어려운 일에 봉착할 우려 때문에 간단하게 몇 가지만 다루려 한다. 이를 기준으로 삼아도 최소한 실패하지 않을 것이며, 실패하더라도 손절의 위치에서 쉽게 빠져나올 수 있으므로 크게 손실 보는 일은 없을 것이리라 생각된다. 또한 이것만을 부단히 따라다니면 실패의 아픔도 조금씩 줄어들어 갈 것이라 확신한다. 다시 한번 언급하지만 리딩하는 사람들의 실력만큼 나의 실력도 향상시켜서 그들이 매수라고 외칠 때 최소한 왜 매수인지를 알고 함께 하자는 것이다. 그들의 의견과 나의 의견이 일치할 때 그때서야 비로소 진입을 하자는 것이다.

1. MACD 지표를 이용한 매매법

이 지표는 1979년 Gerald Appel이 만든 지표이다. 기본적으로 두 가지의 이동평균선을 이용, 즉 12일 이동평균선과 26일 이동평균선을 이용하여 매매 신호를 주는 방식이다.

MACD는 추세를 나타내는 대표적인 보조지표이기 때문에 추세가 확연한 종목에서 주로 많이 사용되며, 주식의 경우 우량주에 적용 시 상대적으로 높은 적중률을 기대할 수 있다. 또한 어떠한 종목에 대입하여 활용하더라도 그 어느 보조지표보다는 신뢰도가 높다는 데 그 의미를 둬 보자.

MACD를 보면 두 가지의 선으로 이루어져 있으며 이 두 가지 선은 MACD선과 MACD Signal선으로 이루어져 있다.

* MACD선 – 단기(12일) 지수이동평균 – 장기(26일) 지수이동평균
* Signal선 – 9일간의 MACD 지수이동평균

이 두 가지 선으로 매매하는 방법은 MACD선이 Signal선을 상향돌파하면 매수, 하향돌파하면 매도하는 기본적인 전략이다. MACD선, 즉 단기이동평균선인 12일 선에서 장기이동평균선인 26일 선을 뺀 MACD선이 Signal선을 상향돌파하면 매수하고 이탈하면 매도하는 전략인데, 우린 여기서 숫자에 연연하지 말고 그냥 증권사에서 제공하는 프로그램을 따르기만 하면 된다. 귀찮게 숫자를 외우고 왜 그런지에 대한 연구를 하고 이해를 하려면 골머리가 지끈거리니까 이런 것이 있구나 하고 적용하면 된다. 좀 더 심층적으로 연구해서 알고자 하는 분들은 깊게 공부하는 것도 나쁘지는 않다. MACD는 중기 매매 방법으로 최적화된 보조지표이므로 이를 적용하면 많은 도움이 될 것이다.

다음으로 MACD oscillator이다.

MACD oscillator의 공식에 대해서도 연연하지 말자. 그를 외우고 활용하려 하면 골치가 아프니까, 그냥 증권사에서 제공하는 프로그램을 그대로 이용하자. 이때 조금의 변형을 원한다면 증권사 프로그램을 조작하는 방법을 찾아야 할 것이다.

MACD와 MACD signal선의 차이를 이용하여 oscillator의 움직임을 포착하여 매매에 이용하는 기법이며, 0선 돌파 시 매수, 0선 이탈 시 매도로 임하는 전략을 구사하는 방법이다. 여기서 중요한 것은 oscillator가 0선을 돌파하지 못하거나 0선을 돌파했더라도 잠시 후 0선을 이탈하는 추세로 되돌림 된다면 추가적인 폭락이 예상되므로 함부로 매수에 임해서는 안 된다(이러한 경우는 하락 추세일 때 주로 나타난다).

MACD는 후행성 지표이므로 이러한 점을 유심히 살펴야 하며 반대의 경우도 있다. 즉, 0선을 살짝 이탈했다가 다시 0선을 회복하는 경우는 추가적인 반등이 나올 수 있으므로 이러한 경우 조심하여야 한다(이런 경우는 상승 추세일 때 주로 나타난다).

이때는 추세선이 그 답을 제시할 것이다. 추세, 파동, 패턴, 각도, 캔들 불멸의 법칙 등을 중점적으로 공부했으면 이때 대처해야 할 방법이 바로 추세와 패턴, 그리고 불멸의 법칙이라는 것을 알 수 있을 것이다. 여기서 MACD 시그널이 oscillator의 0선 아래에 위치하고 있으면 절대로 매수에 임하면 안 되고, MACD 시그널이 oscillator 0선 위에 위치했을 때 매도에 임해서는 안 된다. 특히 리딩하는 사람들이 이러한 위치에서 매수와 매도를 말할 때 절대적으로 함께 동참해서는 안 된다. 대부분의 리딩하는 사람들은 '스켈퍼'들이므로 그들을 따라 한다는 게 참으로 어려울 때가 많을 것이다. 본인은 어떠한 포지션에서 미리 진입을 하고 그다음에 진입 사인을 했을 때 과연 그들이 말하는 포지션에 진입을 할 수 있느냐는 의문이 생긴다. 여기서 그들의 리딩이 잘 되었는지 잘못되었는지를 간파할 수 있는 가장 기본적인 판단은 MACD를 이용한 매매법이 될 것이다. 우리는 홀로서기를 하여야 한다. 리딩하는 사람이 없다면 아무것도 할 수 없는 사람이 되어서는 안 된다. 홀로서기를 하기 위해서는 부단한 공부밖에는 없다. 그리고 기본을 익히고 그 기본을 바탕으로 기준과 원칙을 만드는 일을 부단히 행해야 한다. 즉, PDCA 사이클을 부단히 돌려 나만의 기법을, 나만의 원칙을 만들어야 한다. 모든 진입의 시기는 반드시 초입에 진입하여야 한다는 것을 명심하자. 어쩌다가 초입의 진입을 실패했으면 다음 기회가 올 때까지 기다려야 한다.

그림 01은 2021년 9월 8일부터 9일까지의 나스닥 900틱 차트를 표시한 것이다. 각 숫자별 아래를 보면 oscillator 0선을 돌파나 이탈했을 때의 매수 위치와 매도 위치를 나타낸 그림이다. 실제로 이러한 그림이 많이 나타나고 있으니 참고하기 바란다. 또한, 이러한 현상이 나타나는 것을 지난 차트로 수없이 반복하면서 연습을 해서 내 것으로 만들어야 한다. 9월 8일 18시부터 9월 9일 12시 30분까지 몇 번의 매수와 매도 위치를 줬는지 알 수 있다. 또한 이러한 지점이 오지 않으면 절대로 매매에 임하지 않는다는 자신과의 싸움도 매우 중요하다. 따라서 안 주면 안 한다는 최고의 매매기법이 바로 이러한 곳에서 통

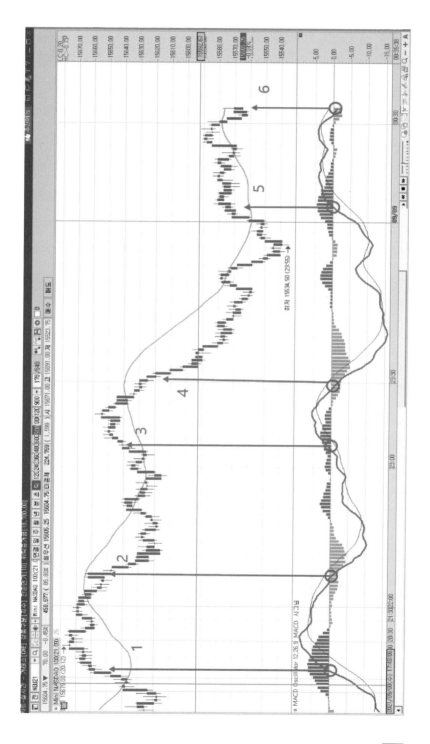

그림 01 2021년 9월 8일부터 9일의 900틱 차트

하는 것이다. 또한 리딩하는 사람들이 어떠한 지점에서 매수와 매도를 외치더라도 우리는 이러한 지점이 아니면 절대로 총알을 날리지 않겠다는 원칙을 세워 놓으면 그들이 아무리 매수와 매도를 외쳐도 우리는 꿈쩍도 않고 버텨 그들의 속임수 리딩에 놀아나지 않아야 한다. 여러 예를 들고 싶지만 나머지는 독자 여러분들이 차트를 돌려 보며 찾아보고 속임수의 형태를 살펴보기 바란다. 실제로 이러한 모습에 속임수 패턴이 중간중간 있지만, 이러한 부분에서 부화뇌동하지 않고 0선을 굳건히 지키는 모습을 보고 매매에 임한다면 손실은 작게 수익은 커다랗게 취할 수 있을 것이다.

여기서 우리는 하나의 매매 기준이 생겼다. 즉 MACD선이 MACD oscillator의 0선을 기준으로 0선을 돌파하면 매수하고 0선을 이탈하면 매도한다는 아주 간단한 기준이 생겼다.

이 기준만큼은 철저히 지키도록 하자. 하나의 새로운 기준이 생긴 것이다. 누구나 알지만 누구도 모르는 기본 속에서 나만이 아는 하나의 기준과 원칙이 만들어진 것이다. 이렇게 보조지표 속에서 나만이 아는 하나씩의 기준을 만들면 자신과 정말로 잘 맞는 보조지표를 활용할 때 매매에 대한 하나씩의 기준이 생기는 것이다. 이러한 방법으로 보조지표에서의 하나씩 기준을 만들고 그 기준을 바탕으로 원칙을 만들어 그러한 조건이 안 오면 그러한 조건이 올 때까지 철저하게 기다리는 자신과의 싸움이 결국 수익으로 직결된다. 작은 수익이라고 무시하지 말고 작은 수익이라도 만족하고 지속하다 보면 누적 수익이 쌓이고 쌓여 큰 수익으로 다가갈 것이다.

보통의 경우 MACD선과 MACD 시그널이 교차할 때 매수와 매도를 한다고 하지만 우리는 조금 덜 먹더라도 완벽한 위치에서 실수 없이 먹기 위해 MACD선이 MACD oscillator의 0선을 기준으로 돌파하면 매수, 이탈하면 매도하는 기법으로 대응하자.

2. 스토케스틱을 이용한 매매법

스토케스틱은 한때 마법의 지표로 많이 이용되었던 지표 중의 하나이다. 유명한 고승덕 변호사가 책을 출판하면서 소개하여 많은 투자자들이 따라 하게 만든 유명한 지표이다. 이 지표는 최근 N일간의 최고가와 최저가의 범위 내에서 현재 가격의 위치를 표시할 때, 매수세가 매도세보다 강할 때는 그 위치가 높게 형성되고, 매도세가 매수세보다 강할 때는 그 위치가 낮게 형성된다는 것을 이용한 것이다.

스토캐스틱 차트에는 두 가지 그래프가 표시되는데, 첫 번째는 스토캐스틱 N이고 두 번째는 스토캐스틱N의 n일 이동평균선이다. 전자를 %K로, 후자를 %D로 표시한다. %D는 단순히 스토캐스틱N의 이동평균선이므로 slow %K 라고 부르기도 한다. 이동평균선을 함께 표시하는 이유는, 골든크로스와 데드크로스 등, 이동평균선과의 비교를 통해 스토캐스틱 값의 변곡점을 쉽게 파악할 수 있기 위함이다.

%K와 %D를 표시한 스토캐스틱 차트에서 %K가 증가할 경우, 즉 매수세가 증가하면 이동평균선인 %D를 뚫고 올라오는 형태, 즉 골든크로스를 보이게 되는데 이것은 매수 신호가 된다. 반대로 %K가 %D를 뚫고 내려오는 형태, 즉 데드크로스를 보이면 매도 신호가 된다. (위키백과사전)

이론적인 것에 대하여 논하자면 또 길어진다. 이론적인 것은 인터넷이나 기타 참고할 만한 문헌을 찾아 공부하기를 권한다. 우리가 할 것은 증권사에서 제공해 주는 프로그램을 수정할 줄 알면 된다. 모든 증권사에서 제공하고 있다고 알고 있으므로 증권사별 스토케스틱의 설정법을 배우기만 하면 된다. 여기서도 안 주면 안 한다는 최고의 기법이 동원된다. 즉, %K가 %D를 뚫고 내려오는지의 여부와 이와 반대로 되는지의 여부를 살피기만 하면 된다. 반드시 초입에서의 진입을 노려야 하며 중간 지점에서 진입을 시도하면 자칫 커다란 우를 범할 수 있으므로 반드시 돌파와 이탈의 시점을 노려야 한다. 만약 그 지점을 잠깐의 실수로 놓쳤다면 반드시 다음의 기회가 올 때까지 기다려야 하는 수고로움을 감내해야 한다. 실전에서 아래의 그림 같은 것들이 많이 나오므로 지난 차트로 검증하기 바란다. 여기서의 기준은 50을 기준으로 돌파 시 매수, 이탈 시 매도로 대응한다는 간단한 원리이다.

그림 02 는 스토케스틱으로 진입과 청산의 위치를 표시하여 놓은 것이다. 1지점에서 매수하고 2지점에서 청산을 하면 일정 부분 수익을 챙겼을 것이다. 다시 2지점에서 매도하고 3의 지점에서 청산하였으면 수익이 발생하였을 것이다. 3의 지점에서 매수하고 4의 지점에서 청산했을 경우 약손실이 되거나 혹은 아무리 잘해도 본청에 해당할 것이며, 4의 지점에서 매도, 5의 지점에서 청산하면 약손실, 5의 지점에서 매수하여 6의 지점에서 청산의 경우 약수익, 6의 지점에서 매도 7의 지점에서 청산의 경우 커다란 수익이 발생된다. 이처럼 각 지점마다의 매수와 매도를 반복한다면 결국 수익으로 전환됨을 알 수 있는데, 문제는 이 지점에서 진입하려 하면 벌써 많은 부분이 상승해 있거나 하락해 있다는 것이다. 차트를 볼 때는 충분히 진입을 할 수 있을 것처럼 보이지만 실전에서는 매우 어려운 일이다. 이것은 스토케스틱이란 지표가 모든 지표처럼 후행성이기 때문이다. 기준을 잡을 수 있되 후행성 지표의 특성상 진입의 시점이 매우 어려운 것이 사실이다. 캔들이 형성되고 난 뒤에 그 캔들의 종가를 가지고 계산하여 보조지표인 스토케스틱이 형성되므로 캔들의 위치는 스토케스틱이 진입의 시점을 이야기하는 순간 많은 폭이 올라 있거나 하락하여 있을 것이다. 따라서 진입하기 곤란한 경우를 많이 겪고 있다. 스토케스틱은 교차의 순간이 매수와 매도로 임한다는 원리이다. 하지만 이것에 대한 신뢰도가 문제이므로 우리는 50선을 돌파하면 매수, 이탈하면 매도 진입한다는 것을 기준으로 삼고 원칙으로 만들고자 한다. 그렇다면 보조지표를 통해 두 번째의 기준이 생겼다. 50선의 기준으로 돌파와 이탈 시에 진입을 한다는 대 원칙이 생긴 것이다. 스토케스틱으로는 너무나 잦은 매매가 되고 있다는 걸 알고 있지만 지표의 해석

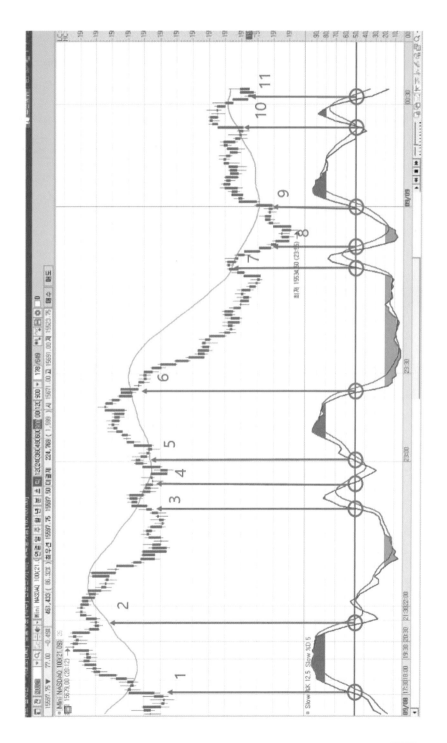

그림 02 나스닥 2021년 9월 8일 18시경부터 9월 9일 12시 30분경까지의 900틱 차트

상 일단 지표에서 이야기하는 부분에서의 진입과 청산을 한다는 기준을 만들어 보자. MACD에서 한 가지의 기준을 만들었고 스토케스틱에서 두 번째 기준을 만들었다. 이제 두 가지의 원칙이 생긴 것이다. 보조지표를 통하여 기준을 만들고 원칙을 만드는 일은 이처럼 그 보조지표 속에 신뢰할 수 있는 부분을 찾아내어 내 것으로 만들고 내 것으로 만들었으면 그것을 반드시 지켜야 이 시장에서 살아남을 수 있다.

3. CCI를 이용한 매매법

CCI는 램버트(Donald R. Lambert)가 상품선물의 주기적인 흐름을 파악하기 위해 만든 지표로서, 현재의 가격이 이동평균선과 얼마나 떨어져 있는지를 살펴봄으로써 가격의 방향성과 탄력성을 동시에 측정하기 위해 만들었다. 기본적으로 +100(과매수 구간)과 −100(과매도 구간)을 순환하게 된다. CCI의 현재 값은 당일평균주가와 이동평균주가의 편차를 나타냄으로써 기존의 이격도 개념과 비슷하다고 할 수 있다.

일반적으로 CCI가 +100 이상에서는 상승 탄력이 커지고 −100 이하에서는 하락 탄력이 커지는 특징을 이용하여 CCI가 +100를 상향돌파하는 시점에 매수하고 다시 +100% 이하로 떨어지는 시점에는 매도한다. 반대로 CCI가 −100를 하향돌파하는 시점에서 매도하고 다시 −100을 올라서는 시점에 매수를 해야 한다. (한경 경제용어사전)

복잡한 이론이나 계산식은 여기서 다루지 않기로 한다. 알고자 하는 분들은 발표된 서적을 참고하여 보시기 바라며, 우리는 각 증권사에서 만들어 놓은 CCI 지표를 수정하거나 변화를 주는 정도의 수정을 할 줄 알면 된다. 그리고 CCI의 활용법에 대하여 자세히 파악하고 그 활용도를 이해하면 된다. 앞서서

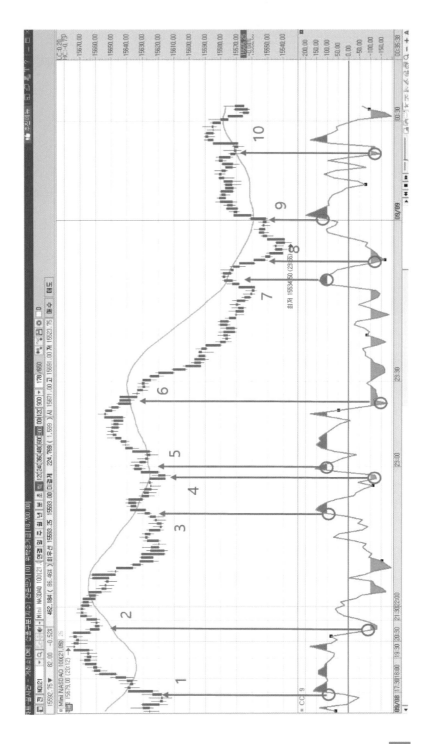

그림 03 나스닥 2021년 9월 8일 18시경부터 9월 9일 12시 30분경까지의 900틱 차트

MACD와 스토케스틱의 매매 방법에 대하여 알아봤고, 그것을 기본으로 기준과 원칙을 만드는 방법에 대하여 알아봤다. 이제 CCI를 이용한 매매 방법에 대하여 알아보자.

CCI는 0선을 기준으로 상승하면 매수, 하락하면 매도로 표시하는 것이 일반적이다. 위의 한경 경제용어사전에서 설명한 것처럼 −100 시점에서 매도하고 +100 시점에서 매도함으로써 수익을 창출하는 방법이다. 이때 0선으로 올라가거나 내려가면 매수나 매도 준비를 하여야 한다. 무척이나 예민한 지표이므로 반드시 참고용 보조지표로 활용하는 것이 좋다. CCI 역시 보조지표이므로 주가의 차트 중 캔들이 완성되고 난 뒤에 그 캔들의 수치를 계산하여 보조지표가 만들어지므로 캔들을 우선시하여 보는 습관을 들여야 한다.

그림 03은 CCI를 표시한 그림이다.

여기서 한 가지 기준이 될 만한 이야기를 하고 넘어가자. CCI의 매매 방법으로는 0선 이 기준이 되어 0선을 돌파하면 매수 가능 구간이고 0선을 이탈하면 매도 가능 구간으로 우선 알고 가자. 0선의 돌파와 이탈은 매수와 매도의 가능 지점이지 결코 매수와 매도의 지점이 아님을 알아야 한다. 문제는 보다시피 0선을 너무 많이 오르락내리락한다. 그래서 우리는 0선을 기준으로 돌파와 이탈을 기준으로 매매하는 것을 배제하고 참고적으로 주가가 상승한다 하락한다만 이해하자. 차트의 진행형을 살피다가 +100으로 가는 순간 매수로 임하고 −100으로 가는 순간을 매도로 한다는 것을 기준으로 삼고 그것을 원칙으로 삼아 보자. 우선적으로 진행하다가 최초로 만들어지는 과매도 과매수 구간이 발생되는 순간을 매수와 매도의 기준으로 삼아 보자는 것이다. 그렇다면 1의 지점에서 매수, 2의 지점에서 스위칭으로 수익, 3의 지점에서 스위칭으로 수익, 4의 지점에서 스위칭으로 본청 혹은 약손실, 5의 지점에서 스위칭으로 약손실, 6의 지점에서 스위칭으로 수익, 7의 지점에 스위칭으로 큰 수익, 8의 지점에서 스위칭으로 약손실, 9의 지점에서 스위칭으로 본청 혹은 약손실, 10의 지점에서 약수익이 발생한다. 전체적으로 열 번의 매수와 매도를 진행함에 있어서 결과적으로는 수익으로 마감을 할 수 있었다. 이처럼 어떠한 것을 기준으로 함에 있어서 철저하게 기본을 이해하고 기본을 바탕으로 기준과 원칙을 만들고 그 원칙에 따라 매매에 임하면 백전백승은 아니더라도 결국 이기는 싸움으로 결말을 맺게 된다.

4. 보조지표의 보조지표

보조지표는 많이 들어보았는데 보조지표의 보조지표는 조금 생소한 말이기도 하고 이해가 안 되는 부분이기도 하다. 보조지표를 개발하여 발표한 사람들은 자신이 발표한 지표가 어떠한 지표의 보조로 사용된다고 생각하면 조금은 언짢은 생각을 하게 될지 모른다. 하지만 우리는 발표된 지표들을 철저히 사용하여 그것들이 이야기하는 것을 최대한 활용하여 손실을 보지 않고 최고의 수익을 올리는 매매를 하고자 함이니 철저하게 지표를 활용하는 것이 좋을 듯하다. 우선 각도술을 활용하는 데 있어서 단순히 각도만을 이용하기보다는 보조지표와의 관계를 철저히 분석하여 함께 활용하는 것도 방법이 될 것이다. 어떠한 것을 이용하던 결과적으로 수익이 발생되면 그 방법이야말로 최고의 방법일 것이다.

여기서 우리는 MACD를 기준으로 그 보조지표를 스토케스틱으로 삼고 스토케스틱의 보조지표로는 CCI를 삼아 보자. 이를 이렇게 하는 것은 제일 먼저 신호를 주는 것이 CCI이며 두 번째로 신호를 주는 것이 스토캐스틱이기 때문이다. 그리고 마지막으로 신호를 주는 것이 MACD이다. 보조지표 하나를 놓고 보면 속임수에 대처하기 어렵고 또한 진입의 시점을 찾으면 주가는 이미 많은 부분 상승하거나 하락하여 있으므로 늦은 진입이 조금은 꺼려진다. 하지만 세

가지의 지표를 설정하여 놓고 보면 CCI가 최초로 신호를 주므로 진입의 준비를 할 수 있고, 스토케스틱이 신호를 주므로 진입을 준비 할 수 있고 이에 따라 MACD에서의 실질적인 진입이 이루어지므로 백전백승의 기초가 되는 것이다. 어떠한 것을 기준으로 매매할 때에 그것에 대한 이해를 충분히 하고 연구하여 그것을 내 것으로 만들고 활용과 응용을 할 줄 안 다음에 실전에 대입하는 것이 좋다. 보조지표는 보조지표일 뿐 맹신하는 것은 좋지 않다. 보조지표는 캔들의 완성이 만들어지고 그 캔들이 완성된 뒤에 그 수치를 계산하여 만들어지므로 우리는 반드시 캔들의 완성을 확인하고 이어서 추세와 패턴을 반드시 확인하는 습관을 기르자.

세 가지의 보조지표를 소개한 것은 MACD와 스토케스틱, 그리고 CCI가 서로 잘 어우러지기 때문이다. 최종적으로 진입은 MACD에서 Signal선이 MACD Oscillator의 0선을 돌파와 하락하는 시점을 진입의 시점으로 기준을 잡고 스토케스틱과 CCI는 MACD의 보조지표로 참고만 하자는 것이다. 그래야만 작게 먹더라도 백전백승의 기초를 다질 수 있다.

그림 04는 2021년 9월 14일 00시부터 9월 15일 01시 30분까지의 900틱 차트이다.

그림에서 보듯이 어느 시점에서 진입과 청산하여야 할지 일목요연하게 보여주고 있다. 부록 편에서는 추세를 다루지 않았으나, 그려진 추세와 보조지표와 각도술의 관계를 철저하게 분석하여 실수 없는 매매를 하기 바란다. 이 시장에서 먹고살려면 기본을 충실히 이행하고 그 기본에 대한 기준과 원칙을 확립하고 기준이 생겼으면 그 기준을 철저히 이행하는 원칙을 만들어 그 원칙에 따라 매매에 임한다면 이 시장이 결코 두렵거나 무서운 시장은 아닐 것이다. 과거의 차트를 무수히 돌려 보면서 그 특징을 알려고 노력하고 그 특징을 알아냈으면 다시 기준을 업그레이드하는 PDCA 사이클을 부단히 돌려야 이 시장에 살아남을 수 있다. 이 시장에 살아남는 사람은 투자 인구의 3~5%라고 한다. 그 범

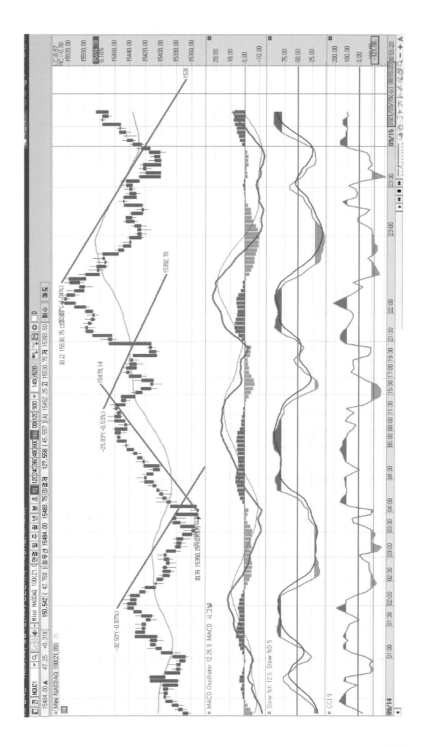

그림 04 2021년 9월 14일 00시부터 9월 15일 01시 30분까지의 900틱 차트

주에 들어가기란 참으로 어려운 일이니만큼 자기 자신의 실력 향상에 부단히 노력하는 사람이야말로 진정하게 이 시장에서 살아남을 수 있을 것이다. 보조지표 세 가지만을 간략하게 소개했다. 수없이 많은 보조지표를 하나씩 공부하면서 그 지표 속에 녹아 있는 진정한 의미를 내 것으로 만드는 일을 꾸준히 하기를 바란다.

마지막으로 당부하건대 SNS에서 전문가라고 자칭하며 매수와 매도를 외치며 리딩하는 사람들이 너무나 많다. 그들이 실력자라면 손절이란 아픔을 유저들한테 안겨 주지 않아야 한다. 그들이 리딩하는 것을 따라 하려면 우선 그들의 리딩이 참인지 거짓인지를 알아야 한다. 거짓 리딩에 속아 아까운 자산 날리지 말고 부단한 공부로 이 시장에서 홀로서기를 할 수 있기를 바란다.

거짓 리딩에 속지 않는 방법은 부록 편에 수록된 MACD, 스토케스틱, CCI를 충분히 숙지하여 최소한 CCI에서 이야기하는 매수와 매도의 기본, 스토케스틱에서 이야기하는 매수와 매도의 기본, 그리고 MACD에서 이야기하는 매수와 매도의 기본을 이해하고 이에 위배되는 리딩을 할 때 절대로 따라 들어가서는 안 된다. 그리고 물타기를 하는 이유는 평균 단가를 낮추거나 높이기 위한 방법으로 물타기를 감행하는데, 물타기를 유도하는 리딩하는 사람이 있으면 그곳에 머물지 말고 홀로서기에 주력하는 것이 더욱 바람직할 것이다. 부록 편에서 제시한 몇 가지의 방법만으로도 속임수 리딩에 당하지 않으리라 생각하고, 만약 이것을 이해했음에도 속임수 리딩에 당하거나 혹은 전체적으로 손실만 거듭하는 분이라면 잠깐 매매를 접고 무엇이 잘못되었는지를 파악하고 그것이 개선된 뒤 이 시장에 들어와도 결코 늦지 않을 것이다.

이러한 보조지표의 적용은 틱 차트, 분봉, 일봉, 주봉 등 어느 차트에 적용해도 동일 조건으로의 매수 매도가 가능함을 잊지 말자.

신비의 술법 각도술

1판 1쇄 발행 2019년 8월 30일
1판 2쇄 발행 2021년 11월 1일

지은이 이충열

편집 홍새솔

펴낸곳 하움출판사
펴낸이 문현광

주소 전라북도 군산시 수송로 315 하움출판사
이메일 haum1000@naver.com 홈페이지 haum.kr

ISBN 979-11-6440-054-6 (13320)

좋은 책을 만들겠습니다.
하움출판사는 독자 여러분의 의견에 항상 귀 기울이고 있습니다.